NHKオトナヘノベル

SNSトラブル連鎖

NHK「オトナヘノベル」制作班 編

金の星社

NHKオトナヘノベル

SNSトラブル連鎖

本書は、ＮＨＫ Ｅテレの番組「オトナヘノベル」で放送されたドラマのもとになった小説を、再編集したものです。

番組では、おもに十代の若者が悩んだり困ったり、不安に思ったりすることをテーマとして取り上げ、それに答えるような展開のドラマを制作していました。人が何かに悩んだとき、それを親にも友だちにも、また学校の先生にも相談しにくいことがあります。そんな悩み事を取り上げて一緒に考え、解決にみちびく手がかりを見つけだそうとするのが「オトナヘノベル」です。

取り上げるテーマは、男女の恋愛や友人関係、家族の問題、ネット上のトラブルなどさまざまです。この本では、**「ＳＮＳにかかわる人間関係のトラブル」**をテーマとした作品を集めました。いずれもＮＨＫに寄せられた体験談や、取材で集めた十代の声がもとになっているので、視聴者のリアルな体験が反映されています。

もくじ

著者紹介

髙橋 幹子（たかはし もとこ）

東京都在住。脚本家。フジテレビヤングシナリオ大賞受賞。『東野圭吾ミステリーズ』『天誅～闇の仕置人～』『中学生日記』『ちびまる子ちゃん』『おじゃる丸』『クズの本懐』などの脚本を手がける。漫画原作『東京シェアストーリー』（徳間書店、全2巻）。アンソロジー小説『幽霊でもいいから会いたい』（泰文堂）に「かすかなひかり」が掲載。ほかにも3冊、著書がある。

みうら かれん

兵庫県生まれ。大阪芸術大学文芸学科卒業。『夜明けの落語』で第52回講談社児童文学新人賞佳作を受賞。ほかに『なんちゃってヒーロー』『おなやみ相談部』『おしごとのおはなし　新聞記者　新聞記者は、せいぎの味方？』（いずれも講談社）、「化け猫 落語」シリーズ（講談社青い鳥文庫）、ノベライズ作品『小説 チア☆ダン』（角川つばさ文庫）などの著書がある。

チェーンワールド

髙橋幹子

＊プロローグ

高校に入ったら、なんでもがんばろうと思っていた。
勉強に部活に友だちづくりに。
なのに、どうしてこんなことに。
「位置について、よーい……」
パァーンと、ピストルの音が青空をつきぬける。
スタンドからワッと歓声があがる。
だが、わたしにはそれらがぼんやり聞こえる。
それでも走りだす、のろのろと。
重い体で重い心で、見えない鎖に手足をしばられながら。

頭が重い。

まぶたが熱い。

口がかわく。

脳裏(のうり)にリフレインするのはモモコたちの笑い声。

指先から生まれる無責任な会話。

不夜城(ふやじょう)で夜通し繰(く)り広(ひろ)げられるおろかなパーティー。

わたしたちはしばられ、そして監視(かんし)されている。

いつでもどこでも二十四時間、電波の届(とど)くかぎり、てのひらサイズのあの小窓(こまど)から。

――葵(あおい)っ！

だれかがわたしを呼(よ)ぶ。だけど、その声を最後に、わたしの意識はぷつりととだえる。

あとは闇(やみ)。

ただただ闇(やみ)。

手足にからみついた鎖(くさり)をもはや引きずる気力もなく、ゆっくりと闇(やみ)の中へしずんでいく。

こんなはずじゃなかったのに。そう思いながら……。

それでも、かすかにだれかに向かって、助けを求めるかのように手をのばしながら……。

1　順調なスタート

二か月前、わたし——紺野葵は希望に満ちあふれていた。

念願の高校に入学し、入りたい部活も決まり、まっすぐに太陽のほうを向いていた。

何より友人に恵まれたことが大きかったと思う。

中学時代、引っこみ思案で、どこのグループにも入れなかったわたしは、高校ではどこかに入りたいとずっと思っていた。

休み時間や放課後、キャッキャッと楽しげにおしゃべりする女の子たちを、教室の片隅から、いつもうらやましくながめていたのだ。

モモコ、理江、沙彩、三人との出会いは女子トイレだった。

入学して三日目、オリエンテーションがあるにもかかわらず、ひどい寝癖で登校したわたしは、必死にトイレで髪形をととのえていた。

もう、大事な日にかぎってこうなんだから。

自分のトロさ加減にうんざりしていると、隣からクスッと、小さな笑い声が聞こえた。

沙彩だ。

背中までまっすぐにのびたサラサラヘアーの小柄な彼女は、ポケットからハンカチを取り出し、自分の手をていねいにふくと、

「貸して」

と言って、わたしから髪ゆいゴムを受け取り、静かにたばね始めた。

そのあいだ、特に言葉をかわさずともそばにいられる居心地のよさに、妙な安心感を覚えた。

あぁ、この子と仲よくなりたいな。

直感だった。

でも、なんて声をかけたらいいのだろう。

そんなことをまたもぐずぐず考えていると、

「わっ、それかわいくね？」

とドアを開け、ズカズカ入ってくる二人組の姿が鏡に映った。

同じクラスのモモコと理江だ。

「おだんご、超似合ーう」

ややぽっちゃり気味のモモコは、初日の自己紹介でお笑い好きを公言しただけあって、やたら人との距離感が近い。

ズイッと顔を近づけられて思わず背をそらすと、うってかわって細身の理江が、ちょっとやめなさいよ、怖がってんじゃん、とモモコの腕をつかみ、ごめんねー、うちのが、と苦笑しながら引き離した。

そのようすに、わたしと沙彩は同時にプッとふき出す。

以来、四人はつるむようになった。

きっとバランスがよかったのだと思う。おしゃべりなモモコに理江（りえ）、どちらかというと聞き役のわたしと沙彩（さあや）というこの組み合わせが。

そして、四人の結びつきをより深めたのが*ＳＮＳだった。


ピコン。

家に帰ってからもやりとりは続く。

さっき別れたばかりだというのに、ベッドに腰（こし）をかけたとたん、またそれは鳴った。

――（モモコ）あー、ラーメン食いてー
モモコだ。

わたしは高校入学と同時に買ってもらった最新のスマホを見つめながら、プッと笑う。

まったく。ついこの前、ダイエットを始めたばかりじゃなかったっけ？


ＳＮＳ……メッセージのやりとりや、写真の投稿（とうこう）・共有などができる、コミュニティ型のインターネットサービス。

するとすぐさま理江からレスが飛んでくる。

——(理江) 557 kcal

なんともするどい指摘に、わたしの肩はククッとゆれる。

——(沙彩) うちはアイスが食べたいな

——(葵) うちはメロンパン

——(理江) 244 kcalに433 kcal…ってやめーい!

沙彩とわたしのレスに、理江が間髪入れずにまた返してきた。

画面の向こうでキーッと怒っている姿が目に浮かび、わたしはさらにククッと肩をゆらす。

シーツにしわがよる。

あぁ、楽しいな。これだ、こういうのがしたかったんだ。

わたしはスマホを手にしたまま、ゴロンとベッドに仰向けになる。画面にうれしそうな自分の顔が映る。

だれかとつながっているという安心感。けっして目立つグループではないけれど、あわててつくったにしては上出来だ。

ずっと続くといいな、この関係が。ううん、ずっと続くはず。

わたしはスマホを胸に抱きしめ、これからの学校生活にワクワクと期待をふくらませた。

でも、それはそう長くは続かなかった。

2 不協和音

陸上部に入ったわたしは、引き続き勉強に部活動に充実した毎日を送っていた。

季節は初夏になっていた。

もちろんモモコたちとの関係も順調で、休みの日にはカラオケや買い物へよく行っている。

今や四人のカバンには、ゴールデンウィークに、一緒にテーマパークへ行ったときに買ったおそろいのマスコットが仲よくゆれている。

「ごちそうさま」

夕飯を食べ終わると、わたしはスマホを手に自分の部屋へといそいだ。来週には初の中間テストがひかえている。この調子で勉強もいいスタートを切りたい。

するとピコン、またそれが鳴った。

送られてきたのは『ブサ犬の画像』だ。

モモコらしいなぁとほほえみ、机に向かいながら画面を見つめていると、すぐさま理江から返信が送られてくる。

『笑いころげるウサギ』のスタンプだ。

沙彩からも、『あんさん、おもろいな~』という大阪人のスタンプが届く。

わたしも『爆笑!』というスタンプを送ると、さっそくネットでオモシロ画像をさがし始めた。

二人からはすでに、オヤジ顔をしたネコと、どんぐりをほおばりすぎて顔がくずれてしまった残念なリスの画像が送られてきている。

あ、これにしようかな。

画像の中に、あごに手をあてて流し目をする渋いイメージのゴリラを発見した。

——（理江）ちょ、ヤバｗｗ

——（モモコ）男前！

——（沙彩）ワイルド～

三人から次々と返信やスタンプが届いた。

クスクス笑いながら、ようやくわたしは教科書を開き始める。

まずは苦手な数学からやろうかな。

するとまたピコン、それが鳴った。

瞬間、ほんの少しだけ机の上のスマホがうとましくなる。

またモモコがオモシロ画像でも送ってきたのだろう。気になるが、ここはぐっとがまんしなければ。

最近ＳＮＳでのおしゃべりが長くなり、勉強に取りかかるのがだいぶ遅くなっている。

だが、数秒後にはやはり手に取っていた。気になって勉強に集中できないのだ。案の定、そこにはオモシロ画像が届いていた。

見たからにはもうムシはできない。

はぁ、と少しだけ肩で息をつくと、わたしは『拍手』のスタンプを送った。

すると電話が鳴る。沙彩からだ。

「葵？　ごめんね。今、大丈夫？」

遠慮がちなその声に、大丈夫だよー、と明るくこたえる。沙彩が電話をかけてくるなんてめずらしい。いったいどうしたのだろう。

「あのさ。金曜日、モモコたちにカラオケ誘われたじゃん？　行く？」

「えっ、どうして？」

その迷惑そうな声に、思わず聞き返してしまう。

「中間テストが近いでしょ？　だからわたし、本当は勉強がしたくて……」

一緒だ。

じつは、今もさ、と沙彩は言いにくそうに続ける。

「このやりとりに困ってて……」

「わ……わたしも！　でも、やめたいなんて言えないよね」

「うん……だから、せめてあさってはことわらない？　ほら、二人だったら言えるじゃん」

「そっか……そうだよね、うん、そうしよう！」

力強くうなずくと、沙彩がクスッと笑った。

「葵、声でかっ」

あ、とあわてて口元を押さえると、沙彩は、部活はどう？　とやわらかな声で話を続けた。

電話を切らなくてもいいのかなと思いつつも、沙彩がわたしと同じ気持ちをいだいていたことがうれしくて、つい来月の大会に向けてがんばっていることを話してしま

う。沙彩はうんうんとうなずきながら、

「じゃあ、六月の大会には応援に行くね」

とはずむ声で言った。結局、一時間も話してしまった。

ハッとしてSNSを見ると、モモコと理江のやりとりも、なぜかピタリと止まっていた。

（あ、そういえば、この時間帯はモモコがお風呂に入っているんだっけ。だから沙彩はかけてきたのか。なるほど）

さりげない気づかいに感心しながら、出会ったときから沙彩はなんらかわっていないなぁ、とうれしくなる。

もちろんモモコや理江も明るくておもしろいが、正直なところ疲れると感じることもあった。

でも、沙彩はちがう。

わたしは、そんな沙彩(さあや)と二人だけの秘密(ひみつ)を共有できた気がして、とてもうれしかった。

だが翌日(よくじつ)、教室である光景を見てしまったわたしは沙彩(さあや)との約束を迷うようになる。

その光景とは……。

3
転落1

異変は昼休みに気がついた。

ちょうど弁当を広げていると、クラスメートのミキオ君が、一人でポツンと席にすわっているのが目にとまったのだ。

イヤホンで音楽を聴いているようだが、どことなく背中がこわばっている。

いつも彼とつるんでいる男子たちの声は、楽しそうに後ろから聞こえてくるというのに。

めずらしい。ケンカでもしたのだろうか。

箸をくわえてながめていると、通りかかった男子をモモコと理江が呼び止めた。

「ねねっ、どうしたの？」

「ケンカ？」

興味津々にたずねる。沙彩が箸を止め、顔を上げる。

近くで弁当を食べていた美咲と玲奈もぴたりとおしゃべりをやめる。ほかの女子も、じっと聞き耳をたて始めた。

「ああ、昨日、みんなで撮ったじゃん？　クラス写真」

だれかに話したくてウズウズしていたのか、男子はすぐさまスマホを見せた。そこには、昨日の放課後、クラスで撮った集合写真が写っていた。がまんできずに、ほかの女子ものぞきこんでくる。

あぁ、これなら見たよ、モモコが上目づかいでこたえる。

「一人だけちがうんだよ」

ちがう？

眉間にしわをよせると、彼はピースサインをきめるミキオ君を指で拡大してみせた。

一人だけ赤色のネクタイをしていることに気づく。

通常、男子のネクタイには赤と青の二種類があり、赤は入学式などの式典用なのだが、ミキオ君はどうやらまちがってしてきたようだ。

「なくね？　一人だけ赤なんて」

「なー。ヒーローかっつの」

近くにいた男子もふり向き、苦笑する。

え？　まさかそんなことで……？

わたしは思わず困惑した目を彼らに向ける。

だが画面のＳＮＳには、取るにたらないそんなできごとがあおりあおられ、次第に悪口へとかわっていくさまが、ありありとつづられていた。

——ちょｗｗ　一人だけ赤
——もう卒業ですか？

――へーんしん！

――ってヒーローかよ

――無理無理ww　あいつトロいから

――あーオレも思ってた

発言はどんどんエスカレートし、しまいには「うざくね？」とまで書かれていた。

（SNSだからだ）

そう思った。本人が目の前にいないぶん、罪の意識が薄れるのだ。

ご愁傷さま～、とモモコと理江がスマホに向かって手を合わせると、ほかの女子や男子らがどっと笑った。

沙彩は気の毒そうに黙りこむ。

怖い。わたしは内心、そう思っていた。

昨日まで仲よくしていたクラスメートがこんなことでのけ者にされるなんて。べつに赤でも青でも、どっちでもいいではないか。

けれど、クラスのみんなは、むしろこのおかしな空気を歓迎しているように見えた。

普段はおとなしい子たちも、なぜか今日にかぎってじょう舌だ。妙な「連帯感」が生まれているのは気のせいではないだろう。

そう思いながらも、わたしは「こっち側」にいることに、内心ではホッとしていた。

よかった。みんなと一緒で。

「あっち側」じゃなくて。

やっぱりダメなのだ。どんなに小さなことでも人とちがっては。たとえ、それがどんなにくだらないことだとしても。

「ね、放課後、ファミレスに行かない?」

モモコが声をひそめて理江に顔を近づけた。

この話でもっと盛り上がりたいのだろう。

「え〜、カラオケは？」

唇をとがらせるも、言うほど理江も不満そうには見えない。

「ねねっ、美咲たちもさ、一緒に」

「え、うちらもいーの？」

美咲と玲奈がパッとうれしそうな顔をする。

返事をせずにいるのはわたしと沙彩だけだ。

昨日、テストが近いから一緒にことわろうと打ち合わせをしたばかりなのだ。

でも、こんなものを見てしまったら。

沙彩も戸惑いを隠せないようす。

「い……いいね、ファミレス」

気がついたらそう言っていた。

ならったように沙彩もコクンと小さくうなずく。

だって、ことわるなんて無理。
ミキオ君のようになったらイヤだもの。
人とちがうことをして、ミキオ君のように一人ぼっちになるのは……。
ギュッとわたしは手をにぎりしめる。

4 転落2

中間テストが近づいても、モモコたちのSNSのペースは落ちなかった。息ぬきだと本人たちは笑うが、現実逃避（とうひ）のほうが強いのだろう。

だがそんな中、沙彩（さあや）はついにある行動へと出た。


それはテスト三日前の日曜の夜だった。

《だるいよねー、テスト》《早く終わらないかなー》などと、モモコたちとやりとりをしながら家で勉強をしていると、沙彩（さあや）からメッセージが飛んできた。

――（沙彩（さあや））ごめん。わたし、勉強に集中したいから、テストが終わるまでSNS休むねおどろいた。

思わず片方のひじで押さえていた教科書がバラッと元にもどり、ベチッと頬にあたる。

まさか、一人でことわってくるなんて……と、やや動揺していると、

——（モモコ）りょーかい！

——（理江）ＯＫ！　バイバイ
モモコと理江から、すぐさまスタンプが飛んできた。

わたしはおどろいた。てっきり《え〜》とか、《テストなんか、どうでもいいじゃ〜ん》と引き止めるメッセージがくると思っていたからだ。

だったらわたしもと思う。本当は勉強に集中したい、それが本音だった。

けれど、すぐに便乗しなかったのは、二人があまりにもあっさりと承諾したからだ。

なんだか違和感を覚える。

するとピコン。なぜか新しいグループへの招待が届いた。

モモコからだ。

なんだろう……？

眉間にしわをよせながらも「参加」ボタンをタップすると、理江も参加していた。

さっそく、トークが繰り広げられる。

——（モモコ）何、今の？

——（理江）ムカつくわ～

——（モモコ）邪魔ってこと？

——（理江）ひどい

沙彩のことだ。

——（モモコ）勝手に勉強してろっつの

——（理江）ガリ勉

——（モモコ）つか前からムカついてたんだよな

――(理江)うちも！

そんな……。沙彩はただテスト勉強がしたいだけなのに、なんでこんなふうになっちゃうの……？

そう思うも、エスカレートする二人のやりとりを止められずにいる。

一緒だ、ミキオ君のときと。どんどん発言がエスカレートしていくあの感じと。

――(モモコ)はずしちゃう？

ドクンと心臓が脈を打った。周囲の音がなくなる。

――(モモコ)葵は？

え？

――(理江)葵はどう？

指先が息を飲む。

やめようよ、そんなの。

そう打てばいいだけだ。そう打てばいいだけ、なのに。

――（モモコ）おーい、葵

――（理江）葵ー？

――（葵）うん。さんせー

気がついたらそう打っていた。

五分。

ものの五分で、沙彩はわたしたちのグループからはずされてしまった。

この指先ひとつで。

5

鎖

入学してはじめての中間テスト、結果はさんざんだった。覚悟はしていたものの、見たこともない点数の嵐に頭が痛くなった。

だが、どこかでもういいやという投げやりな気持ちも生まれていた。

どうせモモコたちだって似たような点数なのだろう。だったらいいや、べつに一人じゃないんだし。

入学時、あんなにも希望に満ちあふれていたわたしは、ひどく疲れていた。

今日は遠足だ。登山道に入ると、頭上には青々とした葉がいっせいに広がり、左右にはぽつぽつ咲き始めた藍色の紫陽花が出迎える。

「あー、だるい」

モモコたちは、登山道まで来たというのに、まだ文句を言っていた。もともと走ることが好きなわたしは山登りもそれほど嫌いではなかったが、今はとても楽しむ気持ちになどなれない。

ちらりと後方を見ると、少し離れたところを一人で歩く沙彩の姿が目にとまった。ギュッと唇をかみ、木々の緑には目もくれず黙々と歩いている。その表情はかたく、背負ったリュックのひもをきつく両手でにぎっている。まるで別人だ。

彼女から笑顔をうばった責任が自分にもあることはわかっている。

でも、どうしようもなかったではないか――。あの日から何度も繰り返している言いわけを、少し湿った土を踏みしめながら、また一人、心の中で反すうする。

あんなことがあった日の翌朝。

沙彩は、「おはよう」といつものように話しかけてきた。

モモコと理江は、「おはよー」と返しつつも、ほんの少し意地悪な目を向け、くるりと背を向けた。

えっ……と一瞬、沙彩がうろたえるのが隣でわかった。それでも笑みを浮かべ、

「おはよ、葵」

と顔をこちらに向ける。

わたしもニコッとほほえんだが、目が泳いでいたのはいうまでもない。

それでも昼休みくらいまでは四人でいた。だが、さすがに不審に思ったのだろう。

放課後。モモコたちがいないすきに、沙彩から呼び止められた。困惑したような、すがるような目でこちらを見つめている。

わたしはとっさに背を向けた。逃げたのだ。背中に痛いほど沙彩の視線を感じたが、ふり返らなかった。

それきり沙彩は、わたしたちに近づいてこなくなった。

ようやく頂上に着く。遠くの山々がくっきり見え、額にじんわり浮かんだ汗を風がサッとぬぐっていく。気持ちいい。自然と目が細くなる。

モモコと理江はビニールシートの上に腰をおろすと、「あー、まじだるい」と言って、さっさと弁当を広げ始めた。

そこには以前、一緒にファミレスへ行った美咲と玲奈の姿もあった。沙彩がぬけたあと、モモコがグループに入れたのだ。

仕方なくわたしもシートにすわり、弁当を広げる。すると、

「どうした？」

と心配する担任の先生の声が後ろから聞こえてきた。

ふり返ると、沙彩が一人で弁当を食べていた。

放っておけばいいのに「おい、だれか」と、先生は沙彩を仲間に入れるように目でうながしてきた。

もちろん、手をあげる者はだれもいない。

クラスにはすでに女子のグループが五つほどできあがっており、気の毒そうな目を向ける者はいても、迎え入れようとする者はいなかった。そう簡単な問題ではないのだ。

だが、先生はおとなしめのグループに沙彩をむりやり加えさせると、「じゃあ、オレも弁当食うかな」と安心した顔で去っていった。

沙彩の顔がカッと赤くなるのがわかった。

見ていられなかった。

いたたまれず、箸でつまんだ卵焼きにあわてて視線を移すと、

「げー、ニンジン入れんなつったのに」

目の前ではモモコが文句を言いながら、理江や美咲、玲奈とおかずの交換をしてい

た。沙彩のことなんか気にもとめていないらしい。

わたしは卵焼きを口に運びながら、心がしずんでいくのを感じた。

空はこんなに広いのに窮屈に感じる。なんだか窒息しそう。まるで見えない「鎖」にしばられたように手も足も重い。

でも仕方がない。これがクラスでうまくやっていくということなのだから。この世界で生きていくということなのだから。

わたしはそう自分に言い聞かせるように、口の中に卵焼きを押しこんだ。

6 不夜城(ふやじょう)

中間テストが終わると、急に部活がいそがしくなった。地区予選の大会が近いのだ。ありがたいことに100メートル走の選手に選ばれたわたしは、朝練や昼練にも参加し、めまぐるしい生活を送っていた。

だが、そのほうが助かった。少なくともあのクラスにいるよりは、グラウンドのほうが落ち着くからだ。

あれ以来、モモコたちとはかわりなく接している。でも、心は少し離(はな)れたような気がする。

沙彩(さあや)とは口をきかなくなって、いや、目すら合わせなくなってから、どれくらいたつだろう。ふり返ればすぐ話しかけられる場所にいるのに、わたしはずっと沙彩(さあや)を見ることができずにいた。

ふとまた心がしずんでいることに気がつき、あわてて頭を振る。ストレッチをすませ、トラックへ入り、軽くウォーミングアップをし始める。

パチンと頬をたたき、雑念をはらい、スタートラインに着く。

ピストルが青空に高く鳴りひびく。

わたしは走り出す。

——……い

——あーおーいー！

ハッとして、わたしは机から顔を上げた。あわててスマホを見ると、21時55分と表示されている。

いけない、三十分も眠っていた。

——ごめん、寝てた

ヨダレをぬぐい、すぐさまレスをすると、「こんな時間に寝るなんて、子どもか！」と理江からツッコミが入る。

ムッとする。だってしょうがないではないか。部活の練習がきつくて疲れているんだから。帰宅部の理江やモモコ、美咲、玲奈とはわけがちがう。

——（美咲）ねぇ、オールしない？

オール？ 目をこする手がふと止まる。

——（玲奈）あ、いーね。朝までやろやろ

朝まで……？ 意味が飲みこめず、しばらく机の上のスマホをながめていたが、ハッとする。まさか、このグループトークを朝までするというのか……？

そういえば、クラスの男子のあいだで、ＳＮＳオールがはやっていると言っていた。

美咲と玲奈の提案に、モモコと理江が盛り上がり始める。

　ノリのよい美咲と玲奈が入ってから、グループの結束はより深まった。最近では、何をするにも一緒で、みんなの決定にはさからえない感じだ。

——（美咲）じゃあさ、最初に寝落ちした人はプリンおごりね

——（理江）さんせー！

——（モモコ）プリン！　プリン！

　じょ……冗談じゃない。

　もう寝てしまったことにしてしまおうかと、とっさに考える。

——（玲奈）葵は？

——（美咲）おーい、葵ー

　どうしよう。どうする？　どうしたら……？

　ことわったあとのこと、そしてトークを続けたときのことをてんびんにかけ、必死に考える。

――（理江）んもー、また寝たのかよ

間を置かずにコメントが飛んできた。理江だ。

カチンとくるも、やはり今回はそういうことにしようかと席を立った瞬間、たて続けに鳴った通知音に足が止まる。

――（モモコ）つか葵ってトロくね？

――（美咲）わかるーｗｗ

は？　なにこれ。軽く悪口ではないか。

わたしはイラッとして、スマホを思いきりにらみつけた。

人の時間をさんざんうばっておいて、何がトロいだ。しかもこれ以上、うばおうとするなんて。

腹が立ったわたしは、スマホを机に残したまま、パジャマに着替えると、電気をパチッと消してからベッドへもぐりこんだ。

もうつきあってられない。

だが、通知音はその後もひっきりなしに鳴る。両手で耳をギュッと押さえるも、隙間という隙間をぬって届いてくる。背を向けて布団をガバッと頭からかぶると聞こえなくなるが、それはそれで不安になってくる。

(いったい、なに話してるんだろう……)

(もしかして、沙彩のときみたいに悪口だったら……)

そう思うといてもたってもいられず、結局は布団から顔を出し、スマホを手に取ってしまった。

――(モモコ)やたっ!　一キロ減った!!

――(理江)まじ?

――(美咲)オメデトー!

――(玲奈)葵、一キロだって、一キロ!

心配していたことは何ひとつ書かれていなかった。だが、モモコたちが自分を待っているのはありありとわかった。

きっと、このままムシを続けたらまた文句が飛んでくるだろう。どのみち内容が気になって眠れないのだ。となると答えはひとつ、参加するしかない。

――ごめーん。トイレに行ってた
そう打ちながら、ふと「不夜城」という言葉が頭をよぎった。

SNSはまるで眠ることのないお城だと、前にネットの記事に書いてあったのだ。

ほんとにそう思う。今からここではパーティーが始まる。眠ることのないおろかなパーティーが。

7 崩壊

「も~なんで、うちばっかり?」

ブツブツ言いながら、太い腕にプリンを五個かかえたモモコが、のっしのっしとガ二股で昼休みの教室にもどってくる。

あれからSNSオールは毎晩のように続き、もう一週間になろうとしていた。みんな、記録をのばすだの、今度こそは負けないだのと言って、まったくやめる気配はない。

二夜連続で負けたモモコもプリンを配り終えると、今夜のリベンジに備え、さっさと机につっぷし始める。どうせこのまま午後の授業も寝てすごすつもりなのだろう。

授業や部活に手をぬきたくないわたしは、最初こそ気をはっていたが、やはり眠気には勝てず、今では同じように授業中に居眠りするようになっていた。

最近では頭がぼんやりし、体もだるい。だんだん物事を考えるのが面倒になってきて、勉強も部活もどうでもよく思えてきた。教室の窓ガラスには、日を追ってうつろな目になっていく自分が映る。

「……い、葵！」

何度も名前を呼ばれていたことに、ずいぶんたってから気づく。

「あ……なに？」

「なにじゃないよ、もー。ほんっとトロいんだから」

プリンをぼんやりつついていると、理江ににらまれる。

「明日さ、学校終わったら、うちらお祭り行くから。七時には来れるっしょ？」

「あ……ごめん。明日は大会前だから」

「は？　なら大丈夫じゃん」

モモコがむくりと顔を上げて言う。

大丈夫って……。大会の前日にお祭りへ行く選手がどこにいるのだろう。

「うち、カキ氷食べたいなー」

「うち、チョコバナナ！」

モモコと理江がうれしそうに言う。

「あの……でも……何時に練習が終わるかわからないし……」

「はぁ？　大会の前の日に、そんな遅くまでやるわけないじゃん」

「モモコ、鋭い」

「でっしょー」

そう言ってアハハハと無責任に笑いあう。その笑い声が不快で耳ざわりで、ついイラッとした。

「悪いけど無理だから」

気がついたらぴしゃりとそう言っていた。一瞬、シンとする。ハッとしたときには遅かった。

「……は？」

モモコが明らかに不愉快そうな顔をして、こちらをゆっくりにらみつける。まずい。

頭がぼんやりして、うっかり口をすべらせてしまった。

あわてて取りつくろうように笑顔を浮かべる。

「ほ……ほら、やっぱりはじめての大会だからさ。せっかく選手に選ばれたわけだし」

「えー、うちだって委員会があるけど行くよ？」

「うちもバイトをサボるし」

「そ……そうなの？」

美咲と玲奈が当然という顔でうなずく。

「ていうか、せっかくのお祭りだしね」

理江の返しに、そーそー、とまたみんなの声がそろう。

ことわるなんて許さないという無言のプレッシャーに、スプーンを持つ手がじっとり湿ってくる。

「そ……そうだよね。ちょっとくらい息ぬきしてもいっかぁ」

気がつくと、みんなの機嫌を取るようにそうこたえていた。

「でっしょ～」

モモコがようやく満足そうに笑う。

ホッとしてわたしも笑う。

だが、心臓はギュッとわしづかみにされたように痛かった。なんだか世界がぐにゃりと曲がったように感じた。

結局、大会には寝不足のまま参加した。お祭りに行って、帰りが遅くなったのだ。

地区予選とはいえ、スタンドにはわりと多くの観客がつめよせていた。

わたしはまもなく自分の番だというのに、筋肉をほぐすためのストレッチや軽い走りこみをするでもなく、ただただぼんやりとトラックに立っていた。

薄曇りの白い日差しにゆっくり目をつぶる。あぁ、このままこうしていたい。光の中に消えてしまいたい。だれにも気づかれずにそっと。

「……番、18番、位置について！」

ハッと目を開けると、ほかの選手はとっくにスタートラインについていた。あわてて わたしも位置につく。

だが、それもつかの間、再び意識がもうろうとしてくる。

よーい……。

その声が次第に遠くなる。視界がかすむ。ピストルの音が鈍く鳴りひびく。

それでも、はじかれたようにわたしは走り出す。だが、体は鉛のように重くて。

どうしてどうして、こんなふうになってしまったのだろう。何がいけなかったのだろう。

リフレインするモモコたちの笑い声。指先から生まれる無責任な会話。夜通し繰り広げられるおろかなパーティー。

——葵っ！

だれかがわたしを呼ぶ。だが、意識は遠のいていく。それでもまだ助けを求めるかのように、必死に空へ向かって手をのばしながら……。

8 絆

気がつくと、白い天井がぼんやりと視界に映った。次いで顧問の先生の心配そうな顔も。

「よかった、目を覚ましたな」

先生は安どしたように目を細めると、わたしが医務室に運ばれた経緯を話し始めた。

どうやら走り始めてすぐにほかの選手のコースへ脱線し、そのまま倒れたらしい。

あぁ、だからひざが痛いのか。視線を足元のほうへとずらす。

掛け時計は四時半をさしていた。

六時間も眠っていたのかと軽くおどろく。そういえばスタンドの声援が聞こえない。

仰向けのまま首をひねり窓のほうに目を向けると、夕暮れの中、後片づけをしているスタッフが遠くに見えた。

「勉強でもしすぎたか？」

「え？」

「医務の人が言ってたぞ、過労だろうって」

あ……、ぼんやりしたように窓から視線をもどすと、

「まぁ、秋にも大会はあるから」

先生はなぐさめるようにわたしの肩をポンとたたき、医務室を出ていこうとした。

だが、ドアノブに手をかけた瞬間、ふり返る。

「そうだ、池田に礼を言っておけよ」

「池田？」

「池田沙彩。さっきまでいたんだよ、一緒に」

わたしはおどろいて上体を起こす。とたんに頭がくらっとする。

「なんか自分がいたら迷惑をかけるとかって言ってな、先に帰っちまったけど。ケンカでもしたのか？」

あ……とまた言いよどむと、先生はフッと笑い、いい友だちじゃないか、おまえを応援しにきたなんて、と言って今度こそ出ていった。

応……援……？

白く冷たい布団の上に置いた手をしばらくじっと見つめていたが、ハッとして顔を上げる。

「じゃあ、六月の大会には応援に行くね」

思い出す、あの日の約束を。

倒れる寸前、「葵っ！」とスタンドから飛んできたあの声も。まさかあれは……。

シーツをつかむ手にギュッと力がこもる。

気がつくとユニフォームのまま外へ飛び出していた。沿道を歩く人が、おどろいてわたしをふり返る。すりむいたひざがじんじん痛む。

ようやく視界にある人物をとらえる。わたしは必死にももをあげる。腕をあげる。

そして、

「沙彩っ！」

と思いきり叫んだ。

おどろいたように足を止めてふり向くその目に、ハァハァと肩で息をつくわたしの姿が映る。

わたしの目にも、困惑した沙彩の顔が映った。

「あ……葵？　大丈夫なの？　走ったりなんかし……」

「――ごめんっ！」

「え？」

気がつくと、バッと頭を下げていた。

「ごめんごめんごめん。本当にごめんっ！　わたし、怖くて……」

「……!?」

唇をギュッとかみ、今まで押しこんでいた思いをまとまらぬまま、それでも口にし始める。

「怖かったのわたし……一人になるのが。いやだったの、クラスで浮くのが……だから沙彩の気持ちを無視してあんなこと……！　けど、苦しくてしょうがなかった。苦しくて苦しくて、ただ友だちがほしいだけなのに、どんどんうまくいかなくなって……！」

怖くて沙彩の目を見ることができなかった。許してもらおうとも思っていなかった。

だが、このままでいるのはもういやだった。だから。

どれくらいたっただろう。

怖いけど、いつまでもつま先ばかりを見ているわけにもいかず、おずおずと顔を上げると、まっすぐな沙彩の目とぶつかった。

「はねてる」

「え?」

そう言って、あのときと同じようにぴょんと肩先ではねたわたしの髪の毛に手をのばし、静かにほほえんだ。

瞬間、胸の奥から熱いものがこみあげてきた。こらえていた何かがあふれ出す。呼吸が乱れ、肩のふるえがとまらなくなる。手で顔をおおうも、それらはみっともなく指の隙間から流れ出る。

通行人が何ごとかとふり返る。でも、かまってなんかいられない。沙彩の手はあたたかく、そして思っていたよりもずっと力強くわたしを抱きしめる。

離れていた影がひとつになった。

＊エピローグ

沙彩は他校生と交流を深め、なんとか毎日をのりきっていたという。放課後になると街の図書館へ通っていたのだ。

「世界はあそこだけじゃないから」

その言葉が胸にひびいたわたしは、勇気を出してモモコたちから離れることにした。


最初、ＳＮＳのレスを返さないわたしに、モモコたちは《無視すんなよー》《おーいまた寝てんのー？》と何度もイライラしたようにメッセージを送ってきたが、週明け、わたしと沙彩が一緒に登校する姿を見たとたん、ピタリとやめた。

そして、SNSのグループからわたしをはずすと、これみよがしに楽しげに四人でさわぎ始めた。

不安がないといったらウソではない。やはりおおぜいで楽しそうなところを見ると、少しはおいてけぼりの感じをくらう。だが、そんなおおぜいの人間といるよりも、たった一人、自分をわかってくれる人さえいればいいと思うようになった。

今、わたしは期末テストに向けて、必死に勉強をしている。遅れたぶん、がんばって取りもどさなければいけない。それが終われば、いよいよ夏休み、部活三昧の日々が待っている。

わたしはモモコたちと離れてから、手足が軽くなったような気がした。見えない鎖からようやく解き放たれたのだろう。

かわりに今、わたしには別のつながりが見える。それはけっして鎖のようにしばりつけるものではなく、互いを結びつける糸のようなもので。

「ん？」

登校中、視線を感じたのか、沙彩がふり返る。その目はあいかわらずまっすぐにこちらを見ていて、わたしはとても安心する。

「ううん、なんでもない。ね、それより勉強した？」

「したした。早くテスト受けたいって感じ？」

「そこまで言う？」

アハハと笑うと、近くをモモコたちが大声でゲラゲラ笑いながら通りこしていく。カバンにはおそろいのマスコットがゆれ、わたしたちの声はすぐさまそれにかき消されてしまう。でも大丈夫。わたしと沙彩はつながっているから。

「遅れるよ、葵」

「げ」

そう、〝絆〟という見えない糸で。

解説

情報教育アドバイザー・ネット依存アドバイザー　遠藤美季

◎簡単にクラスメートとつながるのが可能なSNS、でも一度つながると……

気心の知れた友だちとの個人チャットやグループチャットの場合は、相手の事情を察してお互いに寛容な気持ちでやり取りすることができます。ところが、一人ぼっちになりたくないとか、友だちをつくりたいという気持ちからクラスメートとグループチャットを始めてしまうと、いざトラブルが発生したときに困った状況に追いこまれやすくなります。葵は一度入ったグループのメンバーが自分とは合っていないと気づいても、みずから抜ける勇気が持てず、それどころかグループからはずされるのが怖くて、友だちの沙彩を裏切ってしまいます。友だちをつくりたいという葵の気持ちの「焦り」が、結果的に自分を追いつめてしまうという最悪な事態を招くことになりました。

◎いじりがいじめへ……同調圧力

ミキオは集合写真で一人だけ赤いネクタイをしていた。ただそれだけの理由で、クラスメートからひどいいじめを受けてしまいます。SNSを使った顔の見えない会話の中では、相手の表情や存在が実感できないため、ちょっとしたいじりが、あっという間にいじめへとエスカレートしてしまうことがあります。とくに集団の中では、「ミキオに対してどう思うか」ではなく、「みんながどう思っているのか」という周囲の意見が気になり、多数の意見に合わせがちです。なかには葵のように、ミキオと同じ立場になりたくないという思いから周囲に合わせてしまう人もいます。自分の意見をうまく人に伝えられない人や、自己肯定感の低い人にとって、ＳＮＳのグループチャットは使いこなすのがむずかしいのです。

◎自分にとって本当に大切なこととは

葵は陸上の大会で倒れたことで、自分のことを本当に大切に思ってくれているのが沙彩だったと、はじめて気づきます。本当の友だちとは、ＳＮＳがなくても気持ちでつながることができます。メンバーを束縛するようなＳＮＳのつながりは、友だち同士のＳＮＳとはいえません。ＳＮＳにふりまわされて勉強や睡眠時間が減り、疲れ果ててしまうことも、自分にとってはよくありません。

　自分自身や自分の大切な人を守るためにも、心の整理をして、じょうずにＳＮＳを利用できるようになりましょう。

TROUBLE-A I たりない言葉

みうらかれん

1 チームワークと買い食い記念

キュッ、と靴が体育館の床にこすれる音がする。耳に心地いい、あたしの大好きな音。

体育館の狭いバスケットコートの中を、敵味方合わせて十人の選手が走りまわる。

真冬なのに、汗が飛び散って、授業中はかじかんでかたまっていた指先が、今は自由にいきいきと動く。

先輩のディフェンスを振り切った瞬間、あたしのもとにボールが飛んできた。

「杏奈ちゃんっ！」

あたしの名前を呼んでパスを出したのは、小柄でちょっと天然なわが部のマスコット、畑中愛里。試合中はひとつにくくられているふわふわの髪の毛が、犬のしっぽみたいにゆれている。

愛里からのパスをしっかりと受け取ったあたしがドリブルを始めると、あたしを守るように、そばに大きな影があらわれる。さりげなくディフェンスを止めてくれたのは、すらっと背の高いショートカット、クールで無口な、佐竹純。

「杏奈、こっち！　パス、パース！」

だれより速くゴール下に走っていって、元気な声で叫んでいるのは、とにかく明るくてノリがいいムードメーカー、山岸真由香。コートの中でも、白い歯を見せた笑顔がよく目立つ。

フリースローラインの近くでドリブルを止めたあたしは、ゴール下の真由香にパスを出す——と見せかけて、真横にパスを出した。

任せたよ、相棒！

「さんきゅっ！」

短く言って、走りながらボールを受け取ったのは、いちばんつきあいの長い、頭脳明晰な親友、高井澪。

ボールを受け取った澪は、そのまま一気にゴール下まで切りこんで、見事にレイアップシュートを決めた。

「ナイスシュート！」

澪とあたしが視線をかわして、にっと笑ったとき——試合終了のホイッスルが鳴った。試合といっても、単に、一年チーム対二年チームによる試合形式の練習だけど。

ピッ、とホイッスルが鳴って、一同整列。

「ありがとうございましたっ！」

相手になってくれた先輩たちに頭を下げると、先輩たちが笑顔で手をたたく。

「お疲れー。今日は一年チームのパスまわし、なかなかよかったよ」

「うん。うちらが一年のころよりうまいよね。最後の広瀬のパスと高井のシュートとかも息が合ってたし」

先輩たちにほめられて、五人で顔を見合わせる。汗をぬぐって、息を整えながら、だれからともなくはにかむ。

そしてあたしは、先輩たちに向かって、どんと胸をはって言った。

「そりゃ、めざすは全国ですから！」

その言葉に、「杏奈、夢でかすぎ！」とみんながどっと笑う。あたしもおどけたように舌を出す。

確かに、うちの高校は、そこまでの強豪校ってわけじゃない。地区大会くらいならまだしも、全国はちょっと目標としては大きすぎる気もする。

でも、あたしは、ほんのちょっとだけだけど――、本気で全国をめざしているつもり。

一年全体だと、女子バスケ部は十人近くいるけど、今日、一緒にチームを組んだあたしたち五人は特に仲がいい。

小学校から一緒にバスケを続けているあたしと澪はもちろん、別の中学でバスケをやっていた純も頼りになる。高校からバスケを始めたばかりの愛里や真由香も、一緒に練習するうちにだいぶ慣れてうまくなってきた。

三年になるころには、この五人が中心になって、全国制覇……はさすがに無理かもしれないけど、全国をめざしてるって言っても笑われない程度のチームにはなれたらいいなと思っている。


部活帰り、学校近くのコンビニで肉まんを買って、公園のベンチにすわる。本日の練習での健闘をたたえ、ご褒美の買い食い。ちなみに、発案者はあたしと真由香。

「買い食い記念、はい、チーズ！　いぇーい！」

そう言って、スマホをみんなに向けてシャッターを切る。

「買い食い記念って、なんなの」

肉まんをほおばっていた澪が、あきれたように笑う。

「女バスは今日もなかよしですって、クラスのSNSでアピールしとこ」

「だからそれ、なにアピールなわけ？」

澪のつっこみに、けらけらと笑う真由香と、声を出さずに小さく笑う純。愛里だけは、「ちょっと見せて！」とひとこと、妙に真剣な表情で、あたしが撮ったばかりの写真を凝視している。

どこかマイペースな愛里は写真写りをとても気にしていて、いつも、やたらと写真をチェックしたがる。カメラを向けられると、喜んで変顔をキメたくなるあたしや真由香とは真逆。これが女子力の差だろうか。

「しっかし、こうして写真でならんだとこ見ると、純はやっぱり背高いよねぇ。高井って名字の澪より背が高いとはこれいかにっ！」

あたしがそんな冗談を言うと、真由香がすかさず「杏奈は、名字が広瀬のわりに、心狭いけどねー」と返してくる。

　ここはもうひとつ、名前にまつわるおもしろいネタを重ねていきたいところだけど――なんてあたしが考えを巡らせていると、急に澪が「あっ」と短く叫んだ。

「ごめん、わたし、そろそろ帰らなきゃ！　ごめんねみんな、また明日！」

　残っていた肉まんのかたまりを、なかば無理矢理、口に押しこんで、澪があわてたようすで走り出す。

「……最近の澪、つきあい悪いよね」

　真由香がぽつりとつぶやくと、愛里があいまいに「最近、いそがしそうだね」とうなずき、純が何かを言おうとしてやめる。

　確かに、澪は最近、部活が終わると、そそくさと帰ってしまうことが多い。冬休みも、冬期講習でいそがしいからとあまり遊べなかった。

　澪とは小学校からずっと一緒だけど、最近、妙に距離を感じる。なんだか複雑な気分で、あたしは走り去る澪の背中を見送って、冷めてきた肉まんをかじった。

2 SNSのひとこと

――突然で悪いんだけど、部活、やめなきゃいけないかも

あの買い食い記念日から数日後、女子バスケ部の一年専用のSNSグループに、澪が突然、そんなメッセージを送ってきた。

理由はあんまりはっきり書かれていなかったけど、どうやら、部活に打ちこむあまり、成績が下がっているのが原因らしい。

夜、お風呂上がりに自分の部屋でその書きこみを見たあたしは、「マジかぁ……」とつぶやいて、ベッドにぼふっと倒れこんだ。

これはあたししか知らないことだと思うけど、澪の家は、昔からなかなか厳しかっ

た。門限やマナーにもうるさいと言っていたし、テストで平均点以下の点数なんか取ったら、すぐにお説教だと、中学時代から澪がよくぼやいていた。あたしなんて、平均点をキープできていれば、ほっとするくらいなのに。

澪がそんな環境にいることを知っているから、澪の家で「成績が下がったから部活はやめなさい」という流れになったことは、簡単に想像できた。あれだけバスケが好きな澪が、自分からやめたいと思うはずはないから、きっと親にでも何か言われたんだろう。

澪の言葉を受けて、ほかの部員たちは、すぐに「やめないで」とか「澪がいなきゃ」とかコメントし始める。いつもSNSに業務連絡以外は書かない純だけはノーコメントだったけど、愛里や真由香も「澪ちゃんやめたら寂しいよ」「絶対にやだ」と泣き顔のスタンプを押している。

あたしもすかさずそれにならおうとして――ふと思いとどまった。

これもたぶん、あたししか知らないことだと思うけど、小学校の卒業文集に書かれていた、澪の将来の夢は「お医者さん」。澪は、部活をがんばりながら、大学の医学部をめざして勉強している。

「あんまり頭いいわけじゃないから、むずかしいのはわかってるんだけど……。小さいころ、少しの期間入院してたことがあってね。その担当の先生が本当にやさしくて、今でもあこがれてるの」

中学時代、授業で将来の夢に関する作文か何かを書かされたとき、照れくさそうにそう話してくれたことを思い出した。

あたしと澪が同じ高校に通っているのは、通学しやすい距離にほかの高校がなかったからで、あたしと澪の学力には天と地ほどの差がある。成績優秀な澪と、テストのたびに赤点を取らないか冷や冷やしているあたしじゃあ、同じ大学に行ける可能性はほぼゼロに等しいと思う。

そうなると、これから澪と一緒にバスケができるのは、高校の三年間だけ。

本音を言えば、あたしは澪の家に怒鳴りこんででも、澪をバスケ部に引きとめたい。きっと、あたしは、SNSにどんなコメントをしている子たちよりも、「これからも澪と一緒にバスケをしたい」と思っている。

ここで「やめないで」と言うのは簡単だ。やめたくないといちばん強く思っているのは、たぶん澪自身なんだから。

でも、将来の夢なんてないあたしとちがって、澪にはめざすものがある。部活をやめることが、澪にとって、夢への狭き門をくぐるための大事な選択なら、あたしにできることは……。

「よしっ!」

ベッドからがばっと起き上がったあたしは、澪が好きな熊のキャラクターが、親指を立ててオッケーのポーズをとっているスタンプを押した。

続けて、コメントを打ちこむ。

――あたしは、澪がいなくなっても大丈夫！　だから、みんなもがんばろ！

部活をやめたって、仲間は仲間だ。部活は、澪がぬけたぶんまで、あたしたちががんばればいい。だから澪も、夢をかなえるために、がんばれ。

でも、あたしは指先をぎゅっと画面に押し当てて、力強く送信ボタンを押した。

でも、スマホを置いて、またベッドで横になると、自然とため息がこぼれる。胸にぽっかり穴があいたような気分で、白い天井を見上げて、ほぼ無意識につぶやく。

「……やっぱり、澪と一緒にレギュラーめざしたかったなぁ」

全国大会の夢。みんなには笑われたし、自分でもさすがにありえないって思う。だけどあたし、ちょっとは本気だったんだよ。みんなや澪と一緒ならって。

あたしは目を閉じて、もう一度深いため息をついた。

――高井澪さんがあなたをメンバーからはずしました。

「はぇ？」

寝起きで出た声は、自分でもびっくりするくらいまぬけなひびきだった。

翌朝、寝坊気味に起きて、いつものようにスマホを見たら、通知が届いていた。澪が、あたしを女バス一年のＳＮＳのメンバーからはずしたらしい。

……なんで？

でも、よく考えたら、あたしも寝ぼけ眼でＳＮＳをいじっているときに、うっかり、話の流れとまったく関係ないおかしなスタンプを押してしまったりするし、単なる操作ミスかも。それに、どちらかというと、今は家を出る時間が迫っていて、時計の針のほうが気になる。

ま、詳しいことは、学校で直接聞けばいいや。

そう軽く考えて、あたしは大あわてでベッドから飛びおりた。

一本道の通学路を駆けぬけて、その勢いのまま教室に飛びこむ。息を切らしながら時計を見上げると、チャイムが鳴る五分前。よく遅刻ギリギリになるあたしだけど、高校ではまだ一度も遅刻していない。今日も今日とて、見事にセーフ。

「おはよー！　今日も遅刻ギリギリだったー！」

そう言って、自分の席でクラスメートとしゃべっていた澪に笑いかけると、澪はあたしを見て――一瞬だけ、目の色をかえた。なんだか、いやなものを見るような目。

でも、すぐにいつも通り、にこっと笑ってあいさつをする。

「あぁ、杏奈。おはよ」

……ふつうの反応。べつに、無視されたわけでも、罵倒されたわけでもない。なのに、なんだか胸の奥がざわつく。

「えっ、と――」

あたしが何か言おうとすると、澪はふいっと視線をそらして、またクラスメートとしゃべり始めた。

「でさぁ、さっきの続きだけど、あのドラマのラストの展開、ありえなくない？」

「だよね。あそこでロボット掃除機が出てくるとか、ないわぁ。いや、笑えたけどね」

あたしを無視して……というほどでもないけど、澪たちはあたしの知らないドラマか何かの話題で盛り上がって、笑いあっている。

そりゃ、あたしが遅刻してきたんだから、話に入れないのは自業自得だ。だけど、それにしたって、なんだか居心地が悪い。あたしは、ぎこちない笑顔で、とりあえず「へー」とあいまいなあいづちだけ打った。

いつもなら、あたしが何も言わなくても、澪が「聞いてよ杏奈、じつはね」と、これまでの話の流れを教えてくれたり、さりげなくこっちに話を振ってくれたりする。

でも、今日は話に夢中で、こっちを見てもくれない。

そこでやっと、今朝、澪にＳＮＳのメンバーからはずされていたことを思い出した。

あれ……？　もしかして、あたし、なんかさけられてる？　でも……、なんで？

話に入れなくて、あたしが逃げるように「トイレ行ってくる」と廊下に出ると、後ろから声をかけられた。

「杏奈、おはよう」

クールな声であいさつをしてくれたのは純だった。あたしも「おはよう！」と明るく返してはみたけど、無口な純との会話は、いつもいまいちはずまない。

純との微妙な沈黙の時間にたえかねたあたしは、とっさにスマホに逃げようとして、はたと気づいた。

「あ……そうだ、純。あたし、今朝、女バス一年のＳＮＳ、なんか知らないけどはずされちゃってて。よかったら、もっかい招待してくれない？」

そう頼むと、純はあっさり「いいよ」と言って、その場であたしを招待してくれた。

それからは、べつにもう一度はずされるということもなく、かといって、まちがえてはずしたと澪から言われることもなく。何ごともなかったかのように、ＳＮＳ上に言葉がならんでいった。あたしも当たりさわりのない反応を返す。

はずされていたのが、単なるミスだったのか、わざとだったのか。結局、澪には聞けないまま、いつものように部活に出て、いつも通りの一日を終えた。

3 暗雲、見えない顔

なんか妙だな、とは思った。

べつにケンカしてるわけでもないのに澪はどこか素っ気ないし、真由香は完全に澪に調子を合わせている。愛里と純はふつうな気がするけど、澪たちに引っぱられてか、なんとなくよそよそしいような気もする。

でも、全部あたしの気のせいだと言われたら、そんな気もする。

あれからずっと、あたしたちのあいだにはそんな微妙な空気が流れていた。

そんなある日の休み時間、廊下を通りかかったときに、数人の女子がスマホをかこんでひそひそと話している声が耳に入った。

「これはちょっとひどいよね」

「これ、杏奈でしょ。このアイコンの写真、よく自慢してるペットの犬じゃん」

急に自分の名前が出てきて、心臓がはねた。

これってなに？　ひどいって、どういうこと？

あわててスマホでクラスのＳＮＳを確認すると、「空気の読めない人」という話の流れの中に、澪の投稿があった。


――わかる。そういうデリカシーがない人っているよね。わたしのまわりにもそういう人、いるわー

そんなメッセージとともに、澪がクラスのＳＮＳにアップしていたのは、あたしがスタンプを押しまちがえたときのスクリーンショットだった。

澪が落ちこんでいるという書きこみをした直後、あたしがうっかり喜んでいるよう

なスタンプを押してしまったときのもの。

もちろん、ただ押しまちがえただけだし、すぐに「まちがえた、ごめん」と送り直したのに、スクショではあたしの謝罪部分が切れていて見えない。だから、クラスのみんなは、「これはひどい」とか、「デリカシーゼロじゃん」とか、「ネタだとしても笑えない」とか、言いたい放題だ。

しかも、一応、名前はわからないように加工されているけど、そのとき、あたしがアイコンにしていたのは愛犬の写真。額にハートマークのような特徴的な模様がある犬だから、知っている人が見たら、すぐにあたしの発言だとわかってしまう。

澪だってそれくらいのこと、わかってるはずなのに。そもそも、こんなことで今さらデリカシーがないとか言われるなんて、冗談じゃない!

むしろこっちがキレたいくらいだったけど、もちろんそんなこと言うわけにはいかない。どういうふうに言ったって、ただの言いわけだと反論されるのがオチだ。

澪が何を考えているのか、さっぱりわからない。

同じ教室、同じコートの中にいるのに、画面の向こうの親友の顔が見えない。あたしはスマホをにぎりしめて唇をかんだ。

「あのさ、澪」

部活が始まる前、なんとか誤解を解こうと声をかけたけど、あたしを見る澪の目は、今までとは明らかにちがっていた。

「なに？」

あいかわらず、反応自体はいたってふつう。でも、言葉のひびきがどこか冷たい。

「……え、っと」

「何もないなら、早く部活行こうよ。遅れたら先輩たちに怒られるよ」

部活というキーワードで、ふと思い出した。

「あ、そうだ。澪、前に部活やめるとか言ってたけど……」

「……あぁ、あれ。とりあえず、次の定期試験の結果が出るまでは、やめないことにしたから」

あっさりそう言って、澪は早足で歩き出す。

「なんだ、そうなんだ！　よかったじゃん！　また一緒にがんばろ！」

精一杯の笑顔で言うと、澪はしばらく黙りこんだあと、今まで聞いたこともないような冷たい声で「ありがと」と短くこたえた。

え？　あたし、なんかへんなこと言った？

部活中もずっと、心の片隅になんだかもやもやした感情が渦巻いていたけど、だれかに話すこともできない。もちろん、澪自身を問いつめることも。

やりきれない思いをボールにぶつけるように、あたしは荒っぽくドリブルをして、シュートを放った。

4 流れる言葉、巡る思考

澪はあれからもずっと素っ気なかった。教室ではほかの友だちと話してばかりだし、部活中も、パスのタイミングがまったく合わなくなった。ミスをすれば、お互いに「ごめん」とか「ドンマイ」とは言うけど、どこかうわべだけ。あたしたちのあいだには、そんなはりつめた空気がただよっていた。

ケンカだったら、仲直りすればいい。でも、あたしたちはべつにケンカさえしていないのだ。

こわれた箇所は直せばいいけど、どこがこわれているのか、そもそも本当にこわれているのかどうかさえわからないこの状態では、もうお手上げでどうすることもできない。

夜、ベッドに寝転がったままスマホをいじって、つぶやきサイトをチェックしていたら、澪のひとりごとが目に入った。

――マジうざい。消えてほしい

*タイムラインにぽんと浮かび上がった、そんな言葉。

前後関係はまるでない。ひとつ前のつぶやきは、二時間も前の「おなかへった」だ。

でも、澪が打ちこんだ、「うざいもの」の正体が、どうしても気になってしまう。

そして、巡る思考は、何度やっても同じ結論にたどり着く。

……これ、あたしのこと？

いや、きっとちがう。ケンカした兄弟のことかもしれないし、たまたまテレビに出ていた嫌いな芸能人かもしれないし、ドラマの登場人物かもしれない。なんなら、人間でさえなくて、部屋に入ってきた虫とか、パソコンのへんなエラーメッセージとか、

タイムライン……SNSにおいて、投稿されたメッセージを時系列（時間順）に表示したもの。

そういうもののことかもしれない。

いや、でもやっぱり、もしかしたら、なんて、一人で意味のない自問自答を繰り返す。

あれからクラスのＳＮＳでは、澪の書きこみをきっかけに、あたしへの非難が殺到していた。厳密には、「あたしらしきだれか」への非難。どの書きこみも、直接あたしの名前を出しているわけじゃないから、反論もできない。反論なんかしたら、「それはあたしです」って、みずから主張することになってしまう。

勝手なことばっかり言ってマジでふざけんな、という怒り。みんなにこんなふうに思われてるんだ、という悲しみ。両方が心の中でぐちゃぐちゃにまざりあう。

ため息をつきながらクラスのＳＮＳをながめていると、ふと目にとまった書きこみがあった。

――よく事情も知らないで、画像とか発言一個で決めつけるのはどうかと思うけどみんなの書きこみですぐ流れてしまって、特にそこから発展はしなかったようだけど、どこかあたしをかばうような書きこみ。

「……田原？」

書きこんでいたのは、クラスメートで男子バスケ部の田原聡史。

田原は、あたしの小学校からの同級生で、いわゆる悪友だ。あたしが「やい、チビ」と言えば、「うっせー、アホ毛のアン」と返してくるのがお約束。お互いによく知ってるし、会ったらよくしゃべるけど、つきあうとかは絶対にない、そういう関係。田原に言わせると「アンとつきあうくらいなら、*非リア充のほうがマシ」らしい。それは断然、こっちのセリフだ。あと、どうやら田原は、あたしじゃない女バスのだれかが好きらしい。

そんな、いつも言いあってばっかりの悪友だけど、今日は田原の発言に少しだけ救

非リア充……リアル（現実）の生活が充実していることが「リア充」。「非リア充」は逆に充実していないこと。

われた。ＳＮＳ上で発言したりはできないけど、あたしはスマホの画面に向かって、
「ありがと」とつぶやいた。

5 小生意気な相談役

試合終了のホイッスルが鳴って、試合形式の練習が終わる。でも、コートの中に笑顔はない。今日の一年チーム対二年チームの試合形式の練習は、あまりにもひどかった。一年チームの動きはバラバラで、パスも通らないし、シュートも強引。二年の先輩たちも不思議そうに首をかしげている。

整列とあいさつを終えると、あたしは、息を整えるよりも先に、澪に歩みよった。

「澪……、さっきのはないよ。さすがに」

あたしがそう言うと、水の入ったペットボトルを手にした澪が、「はぁ？」といらだったように返す。

明らかにあたしにパスするべき場面だったのに、澪は無理矢理、別の人にパスを出した。そんないい加減なパスが通るわけもなく、ボールはあっさりとうばわれた。そこから完全に二年チームのペースになって、結局、あたしたちが何もできないまま試合は終わってしまった。

正直、今回の責任は澪にあると思う。

「なんなの？　なんであたしにパス出さないの？」

「べつに。気のせいだよ。たまたま判断ミスっただけじゃん」

そんなの、ウソに決まってる。ばっちり目が合ったし、少し前だったら、確実に迷わずパスをくれていたはずだ。そもそも、この練習で澪が不自然なパスを出したのは、一回だけじゃなかった。

「澪、最近おかしいよ。いい加減にしてよ。何が気に入らないわけ？」

「は？　何も言ってないじゃん」

「何も言わなきゃいいってもんじゃないでしょ!?　言いたいことあるなら、はっきり言えば!?」

「そっちこそ、文句があるなら言えば!? どうせ、へたくそなやつはチームにいらないとか思ってるんでしょ!?」

「はぁ!? なにそれ!? あたしはただ――」

澪と言いあっていると、真由香がおろおろしながらあいだに入った。

「まーまーまー、やめなよ、二人とも! 調子の悪い日もあるって! 次、がんばればいいじゃん! ね!」

ひきつった笑顔で言う真由香。困り顔のままうつむいた愛里と、こちらを見ないように一人で黙々とドリブルを始めた純。

あのチームワークはどこへ行ってしまったんだろう。今日のあたしたちは、てんでバラバラだ。あんなに走りまわったはずなのに、今日の体育館は凍えそうに寒かった。

とてもじゃないけど、みんなと一緒に帰る気分になれなくて、部活後に着替えをすませたあたしは、こっそり一人でぬけてきた。帰りの時間をずらすため、あと、頭を冷やすため、一人でぼんやりと校庭をながめる。

野球部が部活後の片づけをしているのを見て不毛な時間つぶしをしていたら、後ろからぽんと肩をたたかれた。

「よぅ、アホ毛のアン。なんか女バスは荒れてんな」

ふり返ると、そこにいたのは、男バスの練習を終えた田原。

「アホ毛って言うな。……見てたの？」

「ま、ちらっと横目にな。ドンマイ。そういうこともあるって」

いつもは憎まれ口ばかりの田原に、めずらしくふつうにやさしいことを言われて、ちょっと戸惑う。あたしの疑うような視線に気づいたのか、田原は「いや、じつはさ」と頭をかいた。

「俺も最近、やっちゃったとこだからさ」

「えっ？　何したの？」

「なんつーか……ちょっとした言葉の綾で、女子泣かせた的な」

「まったく。これだから男子は。デリカシーってもんがないのかね」

田原は昔から、そういう気のきかないところがある。あたしが「やれやれ」とあきれるのを見て、田原はむっとした表情で唇をとがらせた。

「つーか、そういうアンはどうなんだよ」

「えっ？　あたし？」

「要するに、高井とモメてんだろ。で、自分では原因わかってねーんだろ」

ずばり言い当てられて、あたしは思わず目を丸くする。

「……わかる？」

「そりゃわかるわ。いっつも休み時間にうるせー声で盛り上がってたのが、急に静かになったし、今日だって、隣のコートでごちゃごちゃ言ってたし。で、もし原因がわかってるんだったら、どうせアンはすぐつっ走るから、すぐに仲直りするか完全に決裂するか、どっちかだろ」

さすがつきあいの長い田原だ。へたしたら、あたしよりあたしの心情をよくわかっている。

確かに、澪が急にあんな態度をとり始めた理由さえわかれば、あたしの場合、すぐにあやまるか、逆に怒るか、どっちかだと思う。

あたしが何も言い返せなくなって黙りこむと、その反応がお気に召したらしく、今度は田原が「やれやれ」とどこか満足げな顔になって、あきれた声で言った。

「仕方ない、俺が相談に乗ってやるよ。なんか、思い当たることねーのかよ」

「思い当たることって言っても……急にSNSからはずされてたから」

「はずされるちょっと前のこととかさ」

「はずされる前……」

脳内で、思い出せるかぎりの自分や友だちのメッセージをスクロールして、記憶をさかのぼっていく。

そこでふと、ある言葉が頭に浮かんだ。

部活、やめる――。

「……そうだ。はずされたの、あの次の日だ」

「あのって？」

「えっと、澪が部活をやめるかもって言って、みんながやめないでって言って……、でも、あたしは、澪がやめてもがんばるからって言った。それで、朝起きたら、はずされてた」

あたしの雑な説明を聞いて、田原はあっさり言った。

「それじゃね？」

……へ？

「いや、高井がキレてる原因、それだろ。どう考えても」

「なっ!?　あ、あたしはただ、澪が夢に向かってがんばるなら応援するって言っただけで！　だって、澪が医学部志望で、家も厳しいの知ってるから……あたしがやめないでとか言ったら、澪がもっと悩むんじゃないかと思って……」

「そう言ってねーじゃん。その肝心なとこ言ってなきゃ、伝わるわけねーだろ」

さらりと言われて、あたしは押し黙る。

「まったく。昔っからアンってそうなんだよなぁ。せっかくの気づかいの方向性がおかしいっていうか、惜しい感じっていうか」

田原は咳ばらいをひとつして、へんな裏声で言った。

「おまえなんかーぁ、べつにやめても困らない……ってか、前々から優等生づらして若干ウザいって思ってたしぃ」

「なにその気持ち悪い裏声」

「いや、高井の中では、おまえの発言、たぶんこうなってるんじゃないかなと思って」

「……あたし、そんなキモイ声してないし」

とはいえ、田原の言う通りかもしれない。澪はきっと、あたしの発言を誤解している。ちょっとくやしいけど、田原に言われて、はじめて気づいた。

目をふせたあたしに、田原はさらっと言う。

「ま、さくっとあやまっちまえよ」

「え？」

「だって、仲いいんだろ、おまえら。なら、顔見てちゃんと言えば、すぐわかりあえるって」

簡単そうに言われて、あたしは思わずまばたきをする。そんなあたしを見て小さく笑った田原は、何かを思い出すように遠くを見ながら、どこか大人びた顔で言った。

「いや、俺も前に、ＳＮＳでトラブったことあるんだよ。ぶっちゃけ、怖いよな。顔は見えねーし、向こうが何考えてるかわかんねーし。あのときも、誤解が誤解を生んで、わりと面倒なことになって」

　そういえば一時期、田原が妙に落ちこんでいたことがあった。べつに直接いじめられたりしていたわけじゃないから、はためにはよくわからなかったけど、もしかしたらあのときの田原も、ＳＮＳ上でひどいことを言われたりしていたのかもしれない。

「結局さ、会いに行ける相手なら、直接顔見て話すのが、いちばん確実で早いんだよ。そしたら一発で誤解が解けることだって、ザラにあるし」

　言われてみれば、ＳＮＳで会話したり、お互いの顔もろくに見ずにノリで会話したりするばっかりで、最近、澪とちゃんと目を合わせて会話をしてなかった気がする。

　澪の顔が見えない気がしていたのは、もしかしたら、ただ単に、あたしが澪の顔を見ていなかったから……？

田原に教えられるなんて、ちょっとくやしいけど。

あたしはぐっと唇をかみしめたあと、ちらりと田原のほうを見て言った。

「ところで田原ってさ、女バスに好きな子いるって噂、ほんと？」

「なっ!? なっ、おまえ、それ、どこで!?」

「田原も好きな子にはちゃんとストレートに好きだって言わなきゃ、伝わんないよ」

負け惜しみのカウンターパンチ。でも、けっこうきいたようだ。

「……うっせーよ。アホ毛のくせに」

照れて頭をかく田原を横目に、あたしはバッグから取り出したスマホをにぎって、
澪のことを考える。

ついさっきまで一緒にバスケをしてたはずなのに――久しぶりに澪に会いたいって
思った。

ねぇ、澪。今、なに考えてる？

6 澪の思い、もうひとつの物語

わたし――高井澪が、親友の広瀬杏奈をさけ始めたきっかけは、ほんの些細なことだった。

みんなで寄り道して肉まんを食べたあの日、杏奈やみんなと別れて、一人で走って帰ったのに、お母さんに、「おかえり」よりも先に「遅かったわね」と言われた。寄り道をしていた時間なんて、ほんの二十分くらいなのに。

「……仕方ないじゃん。部活なんだから」

適当にこたえて、玄関先で乱暴に靴を脱いだ。でも、お母さんはわたしの答えに納得しなかったのか、あきれたような口調で続けた。

「部活だけだったら、いつもはもっと早いじゃない。部活のあと、どこかよってたんじゃないの？」

「それは……だから……、部活には先輩とかもいるし、わたしにだって、いろいろつきあいとかあるんだってば」

本当は先輩に誘われたわけじゃないけど。

わたしの答えに、お母さんがため息をつく。

「そりゃあ、練習や試合は仕方ないけど……。こないだの模試だって、部活の集まりとかで遊びに行ったせいでぜんぜん勉強できなかったとか、部活でいそがしくてあんまり結果もよくなかったって落ちこんでたじゃない。部活のつきあいも、そりゃあ大事かもしれないけど、澪にとってこれからいちばん大事なのは――」

エンドレスで堂々巡りな小言。わたしはイライラしながらマフラーをといて、ソファーに投げすてた。

「うるっさいなぁ！　わたしはわたしでいろいろあるんだから、もうほっといて！」

そう言いながらも、脳裏に浮かぶのは、この前の模試のさんざんな結果と、バツ印が連なった自習用ノート。答え合わせをするたびに、自分の頭の悪さに落ちこむ。

部活内では優等生だとか言われるけど、学年全体でいえば、かろうじて上位に入れているかなって程度。

部活のほうだって、杏奈がうまくパスをくれるからなんとか使い物になっているだけで、わたしは体力もないし、シュートもドリブルもそんなにうまくない。高校に入ってからバスケを始めた真由香のほうが、足も速いし、シュートの精度も高くなっている気さえする。

結局、わたしはどっちも中途半端。

中学までは、部活をしながら勉強したって余裕だったけど、高校に入って急に勉強がむずかしくなった。家から学校までの距離も中学時代より遠くなって、家で勉強する時間も減った。

部活と勉強の両立、なんて、みんなは軽々しく言うけど、わたしにはそんな芸当、とてもできそうにない。

「いっそ、どっちかひとつにすれば、楽になるのかな——」

ベッドで横になったまま、わたしはスマホに手をのばして、女バス一年のＳＮＳに「部活、やめなきゃいけないかも」という趣旨のことを書きこんだ。本当にやめたかった、というよりは、だれかになぐさめてほしくて。

すぐにみんなから「やめないで」という言葉が届く。期待通りの反応にうれしくなったけど、ちょっとだけむなしくもなった。

すると、突然、そんな流れをぶった切るようなメッセージが目に入った。

——あたしは、澪がいなくなっても大丈夫！　だから、みんながんばろ！

杏奈からのメッセージは、とても杏奈らしかった。あいかわらず、前向きというか、なんというか。

「……澪がいなくなっても大丈夫、かぁ」

ずいぶんとあっさりしているけど、杏奈ならそう言うだろうなって気はしていた。画面の向こうで、杏奈が笑顔で拳をにぎっている姿が目に浮かぶようだ。

ほほえましいような、でも、ちょっぴりがっかりしたような、微妙な気分で画面をながめていると、ある部員の子から直接、個別のメッセージが届いた。

——絶対やめないで！　澪はかけがえのない仲間だから！

かけがえのない仲間。そう言われると、やっぱり悪い気はしない。すぐに「ありがとう！　うれしい！」と返事を送る。

それから何往復かのやりとりがあったあと、その子から、こんなメッセージが届いた。

――そういえば、さっきの杏奈、澪がいなくなっても大丈夫とか言って、ひどくない？　わたし、思わずキレそうになったんだけど！

そう言われて、忘れかけていた杏奈の言葉を思い出す。

確かに、心のどこかでは、「澪がいなきゃ」とか、「やめないで」って言葉を期待していた気がする。一瞬、がっかりしたのも事実だ。

でも、あまり杏奈を悪者にするのも気が進まない。

――まぁでも、杏奈だからそんなに深く考えてないと思う（笑）

とりあえず、最初はそんなふうに言葉をにごして適当な返事をした。わたしのために怒ってくれてありがとう、でも、わたしはそんなに怒ってないから——というニュアンスが伝わればいいなと思いながら。

でも、話はそこで終わらなかった。

——杏奈、前もナナコの彼氏が田舎っぽいとか言って怒らせてたんだよ。あとになって、いやし系って意味だとかフォローしてたけど、内心バカにしてんの丸わかりだから（笑）。発言に性格がにじみ出るっていうか、杏奈の書きこみって、地味にイラッとするんだよね

やりとりを続ければ続けるほど、たくさん出てくる小さなエピソード。そうやっていろいろならべられると、わたしの気持ちもだんだんかわってきた。

それに、なぜかわたしが責められてるような気分になってきて、イラついてもきた。

そういえば、昔から杏奈はいつもそうだった。わたしとちがって、失敗してもすぐに立ち直って、大丈夫。勉強なんてできなくても明るく笑って、大丈夫。落ちこんでいても、大丈夫。

さっきの杏奈の書きこみを、もう一度見直してみる。

澪がいなくなっても大丈夫――澪なんていなくても、大丈夫。

言葉の裏側が、すけて見えた気がした。杏奈は、わたしが部活をやめたって、バスケを続けるんだろうな。わたしがいなくたって、何も困ったり悲しんだりしないで、「大丈夫!」って走り続けていくんだろうな。

気づいたら、つぶれそうなくらい強くスマホをにぎりしめていた。

そして、その日の深夜、わたしはそっと杏奈をSNSのグループからはずした。

部活中、ぼんやりしていたら、飛んできたパスを受けそこなった。杏奈は「ドンマイ！」と笑顔で言ってくれたけど、杏奈は次のパスを、わたしじゃなくて真由香に出した。たぶん、ただの偶然だ。わたしのポジションが悪かっただけ。きっと、真由香のほうがパスを出しやすい位置にいただけ。

頭ではわかっているのに、感情がついていかない。

今までは長所だと思っていた杏奈の明るさが、全部、短所に見えてくる。

杏奈はべつに、わたしがいなくてもいいんだ——。

そう思いながら打ったシュートが、やけにきれいにゴールリングに飲みこまれた。

「澪、ナイスシュート！」

コートにひびいた杏奈の明るい声は、ずいぶんと乾いたものに聞こえた。

あれ以来、部活を終えて家に帰ると、疲労と自己嫌悪でどうにかなりそうだった。

杏奈の笑顔に、声に、すべてに、なぜか自分でも不思議なくらい腹が立つ。

なにげなくクラスのＳＮＳをながめていると、空気の読めない人という話題になっていた。だれかが苦手な親戚の話をして、そこにみんなが乗っかったらしい。

——悪気はないっていうか、悪い人じゃないんだけどね。デリカシーに欠けるっていうか。だからこそ、あつかいに困るっていうかさ。そういう人って、いない？

夜、勉強の合間にそんな言葉を見た瞬間、わたしの脳裏に浮かんだのは、杏奈の笑顔だった。

わたしはその会話に便乗するように、わたしが落ちこんでいると言ったあとに、杏奈が喜んでいるようなスタンプを押してきたときの画像を投稿した。一応、杏奈のことだとわからないように名前は消したけど、見る人が見たらわかるかもしれない。

やめたほうがいいとわかっていたのに、一度爆発した感情はもう止まらなかった。

親友の杏奈のことを悪く言うなんて、自分の心がみにくくよごれていくような気がした。でも、だれかの悪さを先生にチクったときのように、なぜか胸がすっとしている自分もいた。

「……はは」

自分の乾いた小さな笑い声が、静かな部屋にひびく。とたんにむなしくなって、スマホの電源を切ったわたしは、分厚い参考書を開いた。

「次の定期試験で結果出すから。で、もしダメだったら、部活やめるから」

夕食の席でお母さんにそう宣言すると、とてもおどろかれた。

「澪、せっかくあんなにバスケットがんばってたのに、何もやめなくても……」

「はぁ？　そっちが成績下がってるって文句言ってたくせに。要するにお母さんは、成績上がったら満足なんでしょ？　ならいいじゃない。部活をやめたって成績に悪い影響はないんだから」

「お母さんはただ、澪が部活が大変で、つらいならと思って……」

ついこの前は、部活にかまけて成績がとかと言っていたくせに、やめると言った瞬間、お母さんはてのひらを返したみたいにおろおろしている。そのようすに、またイライラした。

お母さんの言葉を無視して部屋にもどったわたしは、乱暴にスマホを手にした。クラスのSNSをながめて小さくため息をつく。

あの「空気を読めない人、デリカシーのない人」という話題は、わたしの書きこみをきっかけに広がって、いつの間にか杏奈を中傷するような内容も書きこまれ始めていた。直接名前こそ出ていないけど、「デリカシーのないA」とか「*KYのA」というのは、明らかに杏奈のことだ。

ちがうのにな、と思う。

KY……空気が読めないという意味で、会話の流れや雰囲気が理解できない人などに対して使う。「Kuuki」と「Yomenai」の頭文字を組み合わせた造語。

確かに杏奈はデリカシーに欠けるところもあるけど、平気で他人を傷つけるようなひどい子じゃない。書きこまれていたＫＹ発言やエピソードだって、ただ杏奈を中傷したいがために、無理矢理そこに結びつけているものがたくさんある。

でも、そのきっかけをつくったのは、ほかでもないわたし。わたしが投稿したスタンプの押しまちがいのときだって、画像では切れているけれど、すぐに「まちがえた、ごめん」と謝罪してくれていた。

お母さんがてのひらを返したみたいだと不満に思ったけど、結局、わたしだって一緒だ。他人に文句を言う資格なんてない。

いらだちともやもやを引きずったまま、クラスのＳＮＳを閉じて、つぶやきサイトのほうに書きこんだ。

――マジうざい。消えてほしい

まわりのわずらわしいことすべて、自分自身もふくめて、全部、消えてしまえばいい。頭の悪いだだっ子みたいに、そんなことを思う。

部活の練習も、前みたいに本気を出さずに適当に流して、帰りに寄り道もしなくなって、家ではひたすら問題集と向きあって、これで勉強はばっちり——そうなるはずだった。

でも、目の前に広がっているのは真っ赤なバツだらけのノート。むしろ部活に打ちこんでいたころより、勉強に身が入らなくなったような気がする。

ここで勉強をやめるわけにはいかない。そうじゃないと、バスケに本気を出さなくなった意味も、友だちと遊ばなくなった意味も、なくなってしまう。

だけど、夜、一人の静かな部屋でペンをにぎって参考書を開いていると、脳裏（のうり）に浮（う）かぶのは、杏奈（あんな）の姿（すがた）や声ばかりだった。

高校の合格発表の日、「絶対無理。落ちたに決まってる」と言いながら、青い顔をしていた杏奈。番号を見つけた瞬間、目を丸くして半泣きになっていた杏奈。わたしに抱きついて、あの明るい声で笑っていた杏奈。

――また三年間、一緒にバスケできるね！　がんばろ！　めざすは全国だよ！

そう言われたわたしは、合格のテンションにまかせて、「わたし、杏奈がパスくれたら絶対シュート決めるから！　約束する！」なんて豪語した。

あの合格発表の日の約束は、もう果たせない。

わたしは、本当に、それでいいの？　それに……、杏奈は、いいの？　わたしがバスケ部をやめて、約束を破っても。

ぐるぐると巡る思考とペン先。複雑な数式の答えは、まだ出ない。

7 今、伝えたいこと

澪(みお)が何を考えているのか、正確なことは、もちろんあたしにはわからない。

でも、自分の過去のＳＮＳでの発言を見返してみて、ひとつ、気づいたことがある。

あたしはいつも、何も考えずに発言していた。とにかく早く、何かおもしろいことを言わなきゃと思って。

でも、あたしがそうやって軽々(かるがる)しく投げた言葉は、だれかを傷(きず)つけていたのかもしれない。そんな当たり前のことに、今さら気づいた。

スタンプの押(お)しまちがいをしたときだって、正直、たいしたことじゃないと思ってた。でも、落ちこんでると言った瞬間(しゅんかん)、喜んでいるようなスタンプを目にした澪(みお)は、どんな気分になっただろう。

悪気がないからいいとか、あやまったからいいとか、そういうことじゃなくて。あたしは、自分の言葉に、なんの責任感も持っていなかった。

すぐに流れていくSNS上の言葉の波の中に、忘れてきたことがたくさんある。

「……あやまらなきゃ」

わざとそう声に出して、あたしはスマホの電源を切った。

「澪、話があるの」

部活前、体育館のそばで、あたしは澪を呼び止めた。

「……それ、長くなる？　わたし、いそがしいんだけど」

澪の素っ気ない態度に、一瞬、心が折れそうになったけど、あたしはめげずに言葉を続けた。

「澪が部活やめるかもって言った日のことだけどさ」

そう言うと、澪がぴくっと反応する。あたしをまっすぐににらんでくる澪の目は、正直、怖い。この目の奥に、どんな感情が渦巻いているのか、あたしにはわからない。

だけど、もう逃げたくない。

自分の言葉とも、目の前にいる親友の気持ちとも、ちゃんと向きあいたい。

あたしは目をそらさずに、なるべく冷静な声で言った。

「あたし、あのとき、ＳＮＳで、澪がいなくても大丈夫みたいなこと言ったけど……、ちがうの」

本当は、そうじゃない。

「あたしだって……、本当は、やめてほしくないよ。だって、澪が部活やめて、悲しくないわけないじゃん。でも、あたし、澪がお医者さんになるっていう夢を持ってるの、知ってるから……。澪があたしたちに気を使って勉強に打ちこめなくなるくらいなら……なんていうか……あー、もう！」

落ち着いて伝えるつもりだったのに、だんだん感情が高ぶってきた。頭の中が、胸の奥が、だんだん熱くなってくる。

「そりゃあさぁ！　一緒に部活できないのは、めちゃくちゃ寂しいけど！　澪がいないコートとか、超ものたりないけどっ！　でも！」

冷静に、なんて思いは、もう吹き飛んでいた。あたしは澪に詰めよるくらいの勢いで叫んだ。

「あたしは、澪の夢を応援できないほうが、ずっといやだから！」

「えっ……？」

「あたしは、澪の夢を応援したいの！　だって、澪はあたしのだれよりも大切な親友だから！」

きっぱりと言い切ると、澪はおどろいたように目を丸くして、ぽつりとつぶやいた。

「……もうあたしなんて、必要ないんだと思ってた」

「えっ？」

「わたし、杏奈みたいに運動神経よくないし……。杏奈はわたしみたいなチームメートがいても、きっとうざいだけなんだって思ってた。だから……、だから、わたしが部活やめるって言っても、杏奈はぜんぜん平気なんだなって、思ってた」

「なっ!?　そ、そんなわけないじゃん！」

「だって、わたし、バスケもそんなにうまくないし……、でも、勉強は勉強で中途半端だし……。夏休みに受けた模試でも、医学部はぜんぜんダメな判定だったし、なんかもう、くやしくて……情けなくてさぁ」

　そうつぶやいた澪は、とても苦しそうな表情をしていた。何も言えなくなって黙りこんだあたしは、いつかの澪のつぶやきを思い出していた。

――マジうざい。消えてほしい

そんな澪の言葉の本当の矛先は、もしかしたら、悩んでいる澪自身だったのかもしれない。あたしの頭の中で、これまで途切れていた回線が、ふっとつながった気がして、あたしは頭をかき乱しながら叫ぶ。

「あーあーあー！　ごめん！　あたしのパスミス！　もっとちゃんといいパス出すべきだったっ！」

息も合わせずにノールックパスばっかり出して、受け取ってくれないのを相手のせいにしてた。

あたしの大げさなアクションがおもしろかったのか、澪がふふっと笑う。澪のこんな顔も久しぶりに見た気がする。あたしも思わず、澪と同じように小さく笑っていた。

やがて澪は、何かが吹っ切れたような笑顔で言った。

「杏奈、わたしさ、バスケ、好きなんだ」

「うん、知ってる」

「……部活、やめたくない」

澪は、はっきりとそう言った。そして、決意したように、ぎゅっと拳をにぎった。

「でも、成績も落とさないようにしたい。わがままかもしれないけど、どっちも、がんばりたい。わたし、がんばる。次のテストで、結果出す。部活も続ける。絶対！」

「……うん、そうだよ。澪ならできるよ！　だから、がんばれ！　がんばろうよ！」

あたしはぐっと親指を立てて、まっすぐに澪の目を見た。立てている親指はスタンプと同じだけど、いつも片手間に指先ひとつで押しているのとはちがう、あたしの本気の「がんばれ」。あたしが澪に、本当に伝えたかったこと。

大きくうなずいた澪に、あたしは笑いながらおどけて言った。

「あー。うん、やっぱさ、あたし、澪がいないとがんばれないっぽいから、これからも、よろしく」

8 ハッピーエンド？

「澪ちゃん、すっごぉい！」

そう言って目をかがやかせる愛里と、かくかくとうなずく純。「天才じゃん！」と大さわぎの真由香。ずらりとならんだ澪の答案用紙を前に、あたしたちは拍手喝采。

「いやぁ、古典はちょっとケアレスミスが多かったんだけどねー」

澪が照れたように笑うと、真由香が興奮気味に叫ぶ。

「いや、でも総合点で学年三位はすごいって！　マジで！」

澪と仲直りしてからしばらくたったある日の部活帰り、あたしたちは寄り道した公園で話しこんでいた。

あれから澪は、部活を続けながらも猛勉強にはげんで、見事に成績を急上昇させた。

部活で勉強をおろそかにはしないし、スポーツをやっていることで受験にいどむ体力もつくと言って親を納得させ、無事に部活も続けられることになった。ちなみに、たまの寄り道はご愛嬌。

「でもさ、じつは純もすごいんだよ。ほら」

愛里が純の背中を押して自慢げにそう言うと、純が照れたように「え、いや」とあたふたする。純の成績もなかなかの上位。みんなに「すごいじゃん」と言われて、純は「澪ほどじゃないから」と赤い顔で背中を丸めている。

何があったかわからないけど、純は最近、前よりも口数が増えたし、どこか明るくなった。あと、背が一段とのびて、ますます頼れるセンターになった。

そして、そんな純に笑いかける愛里は、なんと最近、田原とちょっといい感じだったりする。田原はまだ告白はしていないみたいだし、好きな相手が愛里だったとは意外だったけど。よく考えたら、あいつは、あたしとは真逆のひかえめな子が好みだった。

そして、真由香はバスケに打ちこみ、いつの間にかシュートの精度にどんどんみがきをかけている。おおざっぱな性格だし、シューターには絶対向かないと思ってたけど、意外と几帳面で繊細なところもあるのかも。

あたしの知ってるところでも知らないところでも、毎日、いろんなことがかわったり、動いたり。バスケの試合やＳＮＳのコメントの流れと同じように、ものすごい速さで流れていく。

あたしだって、まだまだ惑わされそうになったり、余計なことを言ってしまったりもするけど、少しはいい方向にかわり始めている……と、いいなぁ。

「まぁ、なんにせよ、女バス一年が優秀で何より！　これで澪も一緒に全国をめざせるし、めでたしめでたしだね！」

あたしがそう言うと、澪がじろりとこちらをにらむ。

「で？」

「えっ？」

「そういう杏奈のテスト結果は？」

「え、えっと、それは……あ、そうだ！　そんなことより、今度の試合の作戦会議でもしない!?」

盛大に話をそらしてみたけど、ごまかしきれなかった。

右手を澪に、左手を純につかまれて、愛里があたしのバッグのファスナーを開ける。

真由香が教科書のあいだからはみ出していた答案用紙を、ものすごい早業でぬき取る。

……そんな見事な連係プレーはコートの中だけにしてほしいんだけど。

「わーお、これはひどい」

あたしの答案用紙を見た真由香が、神妙な顔で言う。確かに、真由香が見ているあたしの数学のテスト結果はさんざんなものだ。

「み、澪や純や愛里はともかく、真由香には言われたくないし！」

「いや、あたしでもこんなにひどくないって」

「国語とか英語はどんぐりの背比べでしょ!?」

「こりゃ、全国大会をめざす前に、お勉強合宿かなー?」

「うえぇ!? 走りこみなら何本でもやるから、それだけはご勘弁っ!」

あたしがそう言って手を合わせると、みんながどっと笑う。

SNS上でのやりとりも、それはそれで楽しいけど、やっぱりこうして寄り道しながら、顔を見てわいわいやりとりするのがいちばん楽しい——。ほがらかに笑うみんなの声を聞きながら、あたしはひそかにそんなことを思った。

解説

精神科医 鍋田恭孝

◎思いやりと思いこみ

思春期は、人が成熟するのにともなって、相手の気持ちをいろいろと想像する力がのびるとともに、相手からはどのように思われているかという意識（公的自己意識という）が急速に高まる時期です。そのため、相手の気持ちを思いやる力もつきますが、一方で、相手からどのように思われているのかをさまざまに危惧し、いったん、悪い想像をし始めると、その思いこみがとてつもなく広がってしまうことがあります。

杏奈と澪の行き違いも、ある意味で、とても思春期的な思いこみのズレからおこっています。このような問題を一人で抱えこむと、悩みはどんどんふくらんでしまいます。ドツボにはまりかけたら、悩んでいる相手と直接話し合うのが最善ですが、田原君のような第三者に相談してもよいでしょう。この物語は、思いこみの解決に役立つすぐれたモデルです。

◎断片的な情報が不安や自信のなさをともなうと、恐ろしいストーリーに

人とのコミュニケーション（言葉などを通して交流すること）は、通常、豊富で多面的な情

報を判断しながらやり取りが進みます。しかし、SNSは文字だけのやり取り、断片的な情報から物事を判断しなくてはなりません。不安で自信のないときに、いくらでも解釈可能な断片的な情報に出会うと、マイナスの想像力が働き、恐ろしいストーリーを作り上げてしまう傾向があります。自然災害があったあとの風評被害などがその例です。SNSも、そのような不安をともなう噂話が広がる群集心理を引き起こす危険な力を持っています。

◎道具とうまくつきあう

SNSでのやり取りには、このように断片的な情報の持つ危険性があります。そのうえ、おもしろいことを言うために誇張したり、会話の流れによって、思ってもいないことをつぶやくことすらあります。時には相手を間違えて送信することもありえます。SNSをやっていて誤解が生じたと思ったら、すぐに直接会うなどして、十分な情報をもって話し合う必要があります。SNSは間違いや誤解が生じやすいものだという自覚をもって使うべきです。それとともに、噂などがひとり歩きをし始めた場合も、みんなで話し合うなど、アナログ的なやり取りをていねいにおこなう必要があります。SNSという道具の欠点を知り、直接的なやり取りでおぎないながら使うように自覚しておきましょう。

TROUBLE-A（トラブル）II ゆがんだ鏡

みうらかれん

1 破りすてた笑顔

笑顔がいちばんすてきだなんて、だれが言い出したんだろう。鏡に映る自分の顔を見るたびに、そう思う。

みんながすてきなものだと言う「笑顔」は、わたしにとって、「いちばん嫌いな自分の顔」。

わたしが自分の笑顔を嫌いになったのは、小学校五年生のときだった。

ある日の休み時間、林間学校のときに撮った写真をみんなでながめていたら、隣の席の男子がなにげなく言った。

「この写真、愛里の顔、めっちゃでかいな」

男子が指さした写真の中では、わたしと友だちが大きく口を開けて、笑顔でピースサインをしていた。一緒に写っていた友だちは、クラスでも特に細身でかわいい子だったし、その男子に悪気はなかったんだと思う。実際、写真に写るわたしの顔は、隣に写る友だちと比べると、とても大きく見えた。

べつに、だれもその言葉に反応しなかったし、特にそこから話も広がらなかった。でも、そのなにげないたったひとことが、わたしの頭から離れなかった。心に小さなトゲがささったような、鈍い痛みが、ずっと消えなかった。

その日、家に帰ったわたしは、ランドセルを置くよりも手を洗うよりも先に、本棚から低学年のころのアルバムを引っぱり出した。

それまでは気にしたことなんてなかったのに、あらためてじっくり写真を見ていると、満面の笑みを浮かべる自分の顔は、どれもこれも、そこだけズームしたように大きく見えて――なんだか、自分自身がとてもみにくいもののように思えた。

結局、わたしはプリントされてきたばかりの林間学校の写真を、親にも見せずに破りすてた。昔のアルバムも、もう二度と開かないつもりで、押し入れの奥深くにしまいこんだ。

部屋の鏡の前でつくり笑顔を浮かべてみると、口を開けて笑って、あごが下がったときの顔がいちばん大きく見える……ような気がした。

今になって思えば、正直、本当にそうなのかどうかはわからない。

でも、わたしはあの瞬間、写真を撮るときには、もう二度と口を開けないと決めた。

写真を破りすてたあの日から、はや数年、わたしは高校生になった。

入った部活は、女子バスケ部。とはいえ、入部を決めた理由は、ただの流れ。中学のときは陸上部だったから、運動自体は好きなほうだけど、特にバスケが好きだったわけじゃない。同じクラスの真由香に誘われて、ただなんとなく。

でも、バスケ部では、新しい友だちにたくさん出会えた。元気いっぱいの杏奈ちゃん、頭のいい澪ちゃん、いつも冷静な純。それぞれ個性的でおもしろいし、今はバスケ部に入ってよかったと思っている。

試合形式の練習で、先輩たちにチームワークがいいとほめられた冬の日。部活帰りにみんなで肉まんを買い食いしていたら、急に杏奈ちゃんが、スマホをかまえてこっちを向いた。

「買い食い記念、はい、チーズ！　いぇーい！」

そのかけ声を聞いたわたしは、とっさに口を閉じて、最低限の表情をつくる。

写真を撮るときの明るいかけ声と、気軽に向けられるスマホのカメラのレンズ。わたしのいちばん苦手なもの。

今はスマホで手軽にきれいな写真が撮れるし、その写真をのせる場所だってたくさんある。だから、いつだって、油断はできない。だれとどんな状況で写真を撮るときも、鼓動は一瞬速くなるし、ほんの少し冷や汗をかく。

でも、「写真を撮られたくない」なんて言って、気どってるとか、空気を読めないやつだとか思われるのもいやだ。

写真を撮った杏奈ちゃんは、澪ちゃんに「買い食い記念って、なんなの」とつっこまれながらも、「女バスは今日もなかよしですって、クラスのＳＮＳでアピールしとこ」と言って、すぐに写真をアップしようとする。

なので、わたしはあわてて杏奈ちゃんのスマホをのぞきこんだ。

「ちょっと見せて！」

小さな画面に映る写真に目をこらす。

そこに映る自分の顔はあいかわらずいまいちだったけど、歯は見えていない。角度は微妙だけど、まぁ、ギリギリ許容範囲だ。

わたしがほっとしてスマホを返すと、杏奈ちゃんは、さっそく写真をクラスのＳＮＳ上にアップして、満足げに言った。

「しっかし、こうして写真でならんだとこ見ると、純はやっぱり背高いよねぇ。高井って名字の澪より背が高いとはこれいかにっ！」

「杏奈は、名字が広瀬のわりに、心狭いけどね－」

真由香のすばやいつっこみに、みんなで笑う。

純も背中を丸めてほほえんでいる。でも、その表情はどこかこわばっているように見えた。

杏奈ちゃんはまったく気づいていないけど、きっと純は背が高いことを気にしている……と思う。同じように見た目にコンプレックスを持っているわたしには、写真を撮るときに、背を低く見せようとして、ひそかに背中を丸めている純の気持ちが、なんとなくわかる。

でも、余計なことを言って楽しい空気をこわしたくないし、きっと純にとっても大きなお世話だと思う。

だからわたしは、今日も黙りこんだまま、みんなに合わせて笑みを浮かべている。
必要以上に口を開けないよう、細心の注意をはらいながら。

2 一枚の写真

夜、女子バスケ部の一年専用のＳＮＳグループを見たら、澪ちゃんが部活をやめるかもしれないと書きこんでいた。そういえば、澪ちゃんは最近ずっといそがしそうで、この前、部活帰りに寄り道したときも、一人だけ先にぬけて帰ってしまった。

もちろん、澪ちゃんには部活をやめてほしくなんかない。でも、事情があるなら仕方ないかなとも思う。

なんて言っていいかわからなくて、とりあえず、「澪ちゃんやめたら寂しいよ」とみんなに乗っかる無難なコメントだけ送っておいた。

そのついでに、過去のやりとりを見返す。これまでにも何度も確認してきた写真つきのメッセージに、ひとつひとつ、あらためて目を通していく。

うん、大丈夫。へんな写りの写真はない。

次にクラスのＳＮＳをチェックする。

うん、こっちも問題なし。

「……あ。やっぱい、数学の宿題やってない」

口ではやばいと言いつつ、スマホをいじる手は止まらない。

写真が変化するはずはないのに、なぜかＳＮＳを開くたびに気になって、同じ写真を何度も確認する。最近は気づいたらスマホをいじっているだけで何時間もたっていることがよくある。

よくないとは思いつつも、やめられない。

数式とスマホを交互にながめながら、今日も夜がふけていく。

次の日、澪ちゃんが杏奈ちゃんを女バス一年のＳＮＳグループからはずしていた。

理由はよくわからなかったけど、ケンカでもしたのかもしれない。

そのせいなのか、今日は部活中も、ずっと澪ちゃんと杏奈ちゃんは気まずそうで、いやな空気がただよっていた。いつもは通るパスも通らない。いつもは決まるシュートも決まらない。

帰り道、杏奈ちゃんと澪ちゃんと別れて、真由香と純と三人になったので、今日の部活で感じたおかしな空気についてたずねてみた。

「ねぇ、なんか今日さ、澪ちゃん、杏奈ちゃんのことさけてなかった？」

純は何もこたえなかったけど、真由香のほうは「あー、まー」と苦い顔をしたあと、歯切れ悪くこたえる。

「ほら、昨日の夜、女バス一年のSNSで澪が部活やめるかもって言ってたじゃん？あのときの杏奈のコメントが、ちょっとねー」

杏奈ちゃん、なんか言ってたっけ……？　みんなのメッセージですぐに流れてしまったし、無意味に写真のチェックばかりしていたことしか覚えていない。

返事に困ったわたしは、真由香から視線をそらして、スマホをチェックするふりをして逃げた。なにげなく男バス・女バス合同でもうけているバスケ部用のSNSを開いて、そこに連なるみんなのコメントに目を通していく。

でも、そのあいだも、おしゃべりな真由香の話は止まらない。

「もし冗談だとしても、澪がナーバスになってるときに、あれはちょっとひどくない？　ほら、杏奈って、若干空気読めないとこあるじゃん？　SNSだと特にそうだよね」

「え？　あぁ、うん。まぁ」

「だよねー。やっぱ愛里もそう思うよねー」

適当にはぐらかすような返事をしたけど、あんまり聞いてなかった。こういうとき、わたしも純みたいにクールで無口なキャラだったらよかったのにって少し思う。

でも、そんなのんきな考えごとは、手元の画面に映ったあるものを見た瞬間、一気に吹き飛んだ。

……なんだ、これ。

「ねぇ、真由香！」

「おわっ!?　びっくりした！　な、なに!?　急に大きな声出して」

「こ、この写真、なに……?」

声がうわずって、スマホを持つ手が小さくふるえる。

わたしが真由香に向けた画面に映っているのは、一枚の写真。そこに写っているのは、笑顔の――いちばん嫌いな顔のわたし。

それは、バスケ部のＳＮＳにアップされていた写真だった。しばらく前に、男バスと女バスのメンバーで焼き肉店に行ったときのもの。

このときも、女バスのわたしたち五人はかたまってすわっていて、真由香と杏奈ちゃんがカメラに向かってピースしている。その横で話しこんでいた澪ちゃんとわたし、純の三人は、カメラには気づかずに笑いあっている。

あの日、わたしは練習試合でめずらしく活躍して、すごく浮かれていた。だから、みんなと話している最中、何度も口を開けてふつうに笑ってしまったことを、あとになってものすごく後悔していた。

それでも、写真には残っていないと思っていたから、なんとか忘れかけていたのに。こんな写真、撮られてるなんて知らなかった。

真由香は写真を見て、「あー、これ」と目を細める。

「いいっしょ。男バスの田原に頼んでアップしといてもらったの。隣のテーブルにいた田原が撮ってくれてた写真なんだけど、あとで見せてもらったら、あたしと杏奈だけじゃなくて、みんなも超いい笑顔だし。ほら、ＳＮＳにアップしといたら、みんなもダウンロードできるじゃん？　それで――」

うれしそうに説明する真由香の声は、ずいぶん遠くから聞こえているように感じた。

小さな画面に映っている、自分の白い歯。人前ではなるべく見せないようにして、写真からは百パーセント排除してきた、いちばん嫌いな自分の姿。

「すぐに消して！」

気づいたら、自分でもびっくりするくらいの剣幕で、真由香に詰めよっていた。真由香は目を丸くして、「え？」とまばたきを繰り返す。

「真由香、これ、田原くんに、すぐに消すように言って！　早く！」

「えー、なんで？　べつにいいじゃん。愛里だって笑顔でかわいく写ってるし……」

笑顔、という単語を耳にした瞬間、わたしの中ではりつめていた糸が、ぷっつりと切れた。脳裏に浮かぶのは、写真を一心不乱に破ったあの日の記憶。

わたしは真由香に詰めよって、金切り声で叫んだ。

「そういう問題じゃないの！　いいからすぐに消して！」

これまで、あんなに気をつけてきたのに。たまたま気をぬいていたときにかぎって、どうして？　よりによって写真なんか撮られていて、しかもそれをＳＮＳにアップされるなんて。どうして？　どうして？　どうして――!?

「なに？　愛里、そんなマジになって――」

「真由香、ほんっと、信じらんない！　勝手に人の写真アップするように言うとか！　人間性うたがうんだけど！　ありえない！」

「え、ちょ、そ、そこまで言う……？　べつに愛里だけ撮ってる写真じゃないし……、どっちかっていうと、あたしと杏奈メインじゃん……？」

「いいからすぐ削除して！　こんなのありえない！　いいから、早く！」

半狂乱になって叫ぶわたしを見て、真由香がすっかり困り顔になる。

「……そ、そこまで言うなら、田原に消すように言っとくけどさぁ」

真由香は不満げに返事をして、「じゃ、あたし、こっちだから」と、わたしに背中を向けた。

その瞬間、はっとわれに返った。

真由香に悪気がなかったことくらい、わかっているはずなのに。おかしいのは、あっちじゃなくて、こっちなのに。一気に罪悪感が芽生えてくる。

「あ、あの、真由――」

「……っていうか、自意識過剰すぎっしょ」

去りぎわ、真由香がぼそっとつぶやいた声が聞こえて、わたしは押し黙った。言葉のかわりにこぼれそうになった涙は、唇をかんで押しもどした。

「……あの、愛里」

ずっとようすをうかがっていた純が、気づかうように呼びかけてくれたけど、返事ができない。結局、純と別れるまで、わたしはひとこともしゃべれなかった。

3 鏡の中の自己嫌悪

「……ごちそうさま」

その日の夕食の時間、早々に手を合わせると「もう食べないの?」とお母さんにおどろかれた。

「愛里、元気がないみたいだけど、何かあったの?」

心配そうにたずねられたけど、とても本当のことなんて言えない。

「まぁ、いろいろね」

そんなあいまいな返事でごまかした。すると、大学生のお兄ちゃんが、横からしたり顔で口をはさんでくる。

「どうせダイエットとかだろ。若いうちはやめたほうがいいって。あ、俺、ご飯おかわりね」

大食いのくせに細身でルックスのいいお兄ちゃんを見ていたら、ますます落ちこみそうだったから、「うるさい」とだけはきすてて、わたしはさっさと席を立った。世の中、どこまでも不公平だ。

食後、部屋にもどって一人で冷静になろうと思っていたのに、しばらくしたら、お兄ちゃんがノックもせずにずかずかと部屋に乗りこんできた。

「愛里（あいり）、こないだ借りた少女マンガの続き、貸してくれ。あれ、意外とおもしろかったわ。あ、五巻（かん）からな」

「いいけど、前に貸した四巻（かん）まで返してよ」

「あれはあれでまた読むから借りとく」

「……そう言って、返したためしがないよね」

「ま、細かいことは気にすんなって。愛里（あいり）は昔っから細かすぎるんだよなー」

お兄ちゃんは逆におおざっぱすぎる。

もう何を言ってもむだだ。「マンガなら勝手に持っていけば？」と本棚を指さして、わたしはスマホに手をのばした。

お兄ちゃんが本棚をあさるのを横目に見ながら、バスケ部のＳＮＳをチェックする。どうやら、田原くんが撮ったあの写真は、きちんと削除されているようだ。

「……よかった」

思わずつぶやくと、耳ざといお兄ちゃんが「なにがー？」とわたしの手元をのぞきこもうとする。体をよじって画面は隠したけど、「なに、ＳＮＳ？」とあんまりしつこいので、仕方なくこたえる。

「べつに。友だちが勝手に写りの悪いわたしの写真アップしてたから、消してもらっただけ」

その言葉を聞いて、お兄ちゃんはあきれたようにふっと鼻で笑ってみせた。

「なんだ、深刻ないじめにでもあってるのかと思ったら、そんなしょうもないことかよ。イマドキの女子高生って、案外幼稚なんだな」

「うるさいなぁ、もう！　いいからさっさと出てってよ！」

写真写りひとつでケンカするなんて、バカみたい。そんなこと、お兄ちゃんに言われなくてもわかってる。

真由香が去りぎわに言った「自意識過剰」っていうのも、きっとその通りなんだろう。あんな写真の一枚や二枚、毎日大量に投稿される言葉の波で、すぐに流されてしまう。だれもわたしの顔の大きさになんて、注目していないはずだ。

それでも、気になるものは気になるんだから仕方ない。

同じ親から生まれたはずなのに、お兄ちゃんとわたしは見た目も性格もまるでちがう。お兄ちゃんに、わたしの気持ちなんて、わかるはずない。

一人になった部屋で、わたしは深く息をついて、机の上に置いてある少し大きめの鏡をのぞきこんだ。

あの日から、一人で部屋にいるときには、定期的に鏡を見るのが癖になった。

幼いわたしは、光る鏡を前に、口を真一文字に結んだまま、何度も頭の中で問いかけた。

鏡よ鏡よ鏡さん。この世でもっともみにくいのは、だぁれ？

無言の鏡を前に、わたしはいまだに一人で立ちつくしている。

スマホを手に入れてからは、自撮りの練習が新しい癖になった。自分がいちばんよく写る角度をさがしたり、照明を調節したりして、何度もシャッターを切る。もちろん、口は絶対に開けない。

そうして何百枚も撮った写真の中で、いちばん写りのいい写真だけを保存した自撮り用のフォルダは、わたしにとってお守りのようなものだ。

口を開かず、あまり笑わず、上目づかいのこの角度なら、大丈夫——自分にそう言い聞かせながら、スマホをかかげて、ピントを合わせる。スマホから鳴るピピッという電子音が、静かな部屋でやけに大きくひびいた。

次の日は、校門をくぐった瞬間から、気が気じゃなかった。

確かにあの写真は、その日のうちに削除されていたけど、もしかしたら、だれかが――いや、バスケ部の全員が、あの写真を見たかもしれない。削除したとはいえ、だれかに保存されているかもしれないし、バスケ部以外の人にも広まっているかもしれない。何より、みんなの心に刻まれているかもしれない。

一度人の心に刻まれた印象は、そう簡単には消えない。わたしは身をもってそれを知っている。

昼休み、人に見られないように、机の下でスマホをいじって、お守りがわりの自撮りフォルダをながめていたら、ふっと視界が影におおわれた。おどろいて顔を上げると、そこには心配そうな顔をした純が、背中を丸めて立っている。

「愛里、大丈夫？　なんか、顔色悪いよ。なんていうか、あんまり、いろいろ気にしすぎないほうが……」

「……大丈夫。ありがとう」

そうだ。純の言う通り、気にしていても仕方ない。いやなことは早く忘れなきゃ。

純と何か楽しい話でもしようと口を開きかけたとき、横から「畑中」と声をかけられた。向けた視線の先にいたのは、隣のクラスの田原聡史くん。

田原くんは男子バスケ部だから、よく練習してるのを横目で見ているし、入学したてのころは、バスケ初心者の真由香と一緒に、男バス・女バスの垣根を越えて、休憩時間によく基礎を教えてもらった。田原くんもあまり背が高くないからか、ポジションは確か、わたしと同じポイントガードだったはず。

「あのさ、畑中」

「なに？」

「ＳＮＳの写真……、あの、焼き肉のときのやつ。あれ、山岸から連絡きたから、とりあえず消したんだけど……」

田原くんの困ったような表情の意味も、頭ではわかる。

わかる、はずだった。普段のわたしなら。

でも、写真という単語を耳にした瞬間、心の奥に閉じこめようとしていた感情が、またふつふつとわき出してくる。

だから、ほぼ無意識に口から出た言葉は、自分でもおどろくほど冷たくて、とがっていた。

「……どうして？」

「えっ？」

「田原くん、どうして、あんな写真撮ったの？」

「えっ？　それは……その、……に、肉だよ。おまえらのテーブルで焼いてた肉がいい感じだったから撮ろうと思って、スマホのカメラ向けたら、アンとか山岸がピースしてきたから、仕方なく……。でも、みんな笑顔でいい感じの写真だったし……」

田原くんは、バツの悪そうな顔をして、まるで言いわけみたいな言葉を重ねていく。

でも、やっぱりその声は耳に入らなかった。

「ふざけないでよっ！」

「へっ!?」

普段はどちらかといえばおとなしいキャラで通っているわたしに怒鳴られて、田原くんが目を丸くする。教室の空気も、一瞬でかたまった。

でも、もう止められない。昨日、真由香に詰めよったときと同じように、わたしはまたすごい剣幕で田原くんに詰めよって叫んでいた。

「勝手にあんな写真撮ったりして……、ほんっと、最低！　なんなの!?　せっかくこれまで気をつけてたのに、全部台無しじゃない！　信じられない！　そんなにわたしを――」

さらに大声で叫ぼうとしたとき、純が「愛里！」とわたしの肩に手を置いた。そこで、やっとわれに返った。一部始終を見ていたクラスメートたちも、なんだかざわついている。

荒い息をするわたしと、困り顔の純、呆然とする田原くんと、白い目を向けてくるクラスメートたち。

やがて、不穏な空気を裂くようにチャイムが鳴った。

4 交錯する想い

「……ありがとうございました」

放課後、そう言って保健室を出ると、空気はすっかり冷え切っていた。

教室で田原くんを怒鳴ったあと、呆然とするわたしを、純が「愛里、なんか今日、具合が悪いみたいだから」と保健室につれていってくれた。それからずっと、貧血ということでベッドで横になっていた。

バッグをとりに、もうだれもいないはずの教室にもどると、わたしの席のそばに、純が立っていた。

「愛里、大丈夫？」

部活にも行かずに、わたしを待っていてくれたらしい。

そして、そのそばにもう一人、わたしを待っている人がいた。

「田原くん……」

田原くんはわたしを見て、ほっとしたように息をついて、でも、すぐに険しい表情になった。

田原くんがわたしに向き直ったのを見て、純がひとこと、「外で待ってる」と、静かに教室を出ていく。正直、田原くんと二人だとかなり気まずいから、純にもいてほしかったのだけど。

「え、えっと、畑中、大丈夫……、か？」

気まずい空気の中、田原くんがおずおずとたずねてきた。わたしが「まぁ」とあいまいにうなずくと、なぜか田原くんが「よし」とうなずく。

それからしばらくお互いに黙りこんでいたけど、やがて田原くんが意を決したように口を開いた。

「なんか、よくわかんないけど、さっきはごめん。でもさ、俺、あの写真、……けっこういいと思って……っつーか、好きな写真だったんだよ。ほら、畑中の笑顔って、なんか、こう、マジで楽しいんだなーって感じじゃん」

やめて。お願いだから、これ以上、わたしの前で、写真とか笑顔って単語を口にしないで。

でも、田原くんは、わたしが思わず眉をひそめたことに気づいていないようだった。明るい声で話したあと、不思議そうに首をかしげる。

「そういえば、畑中って普段はあんまり笑わないよな」

「……えっ」

「なんか、クラスとか部活であいつらとしゃべってるときとかも、楽しそうだけど、あんまり笑わないよな。ちょっと笑ってるときも、こわばってる感じっていうか。だから俺、あの日——」

悪気のない言葉が、胸に深くつきささった。

笑わないよな。

その軽くて罪のない言葉が、あの日、わたしの写真を見て、「愛里の顔、めっちゃでかいな」と言った隣の席の男子の言葉と重なった。目の前にいる田原くんが、あの日の男子のように見えてくる。

体中が熱くなって、一瞬、呼吸さえできなくなった。

叫びたいのに、叫べない。かわりに涙が出てきた。

田原くんはぎょっとしたように目を見開いて、一瞬で、ものすごく困った顔になる。

「え、あ、あの、畑中――」

「……ごめん」

やっとのことでそれだけ言って、わたしは教室を飛び出した。

「愛里！　待って、愛里！」

逃げ出したはずなのに、教室からそんなに離れていない階段の踊り場で、すぐ純に腕をつかまれた。教室の前で待っていた純は、飛び出してきたわたしを、すぐに追いかけてきた。

「ははっ。泣いて走り出したらすぐに追いかけてきてくれるなんて、まるでわたしと純の恋愛ドラマみたいだね。ってか、こんなすぐ追いつかれるなんて、やっぱ純、足、速いよね。すごいね。いいよね。わたし、鈍足だからさぁ……」

ごまかすようにそんなことを言って笑ってみた……つもりだったけど、思ったより笑えていなかったらしい。純は、ただただ困ったような顔でわたしを見つめている。

だから、わたしもだんだん、強がりを言っていられなくなった。

「……純、わたし、無理。もう、ダメ」

何が無理でダメなのか、自分でもよくわからないけど、わたしは繰り返し、ひとりごとのようにそうつぶやいた。そして純に腕をつかまれたまま、静かな声で言った。

「畑中って、あんまり笑わないよなって……、そう言われたの。でもさ、わたしだって、笑いたいよ。笑顔で写真に写りたいよ。でも、ダメなんだ。わたしの笑顔は、ダメなんだよ」

「そんなこと……、愛里は、笑ってるほうがかわいいよ」

笑ってるほうが、かわいい——本当にそうだったら、どんなによかったか。

人は見た目じゃないなんて、みんなえらそうに言うけど、そんなのきれいごとだ。

それくらい、小さな子どもだって知ってる。

怒りと悲しみがまざって、頭の中がまた真っ白になる。わたしは純の手を振りはらって、八つ当たりするみたいに叫んだ。

「もういいよ、ほっといてよ！　背も高くて、小顔でかわいい純には、わたしの気持ちなんてわからないよ！　ふつうに笑ってられる人には、一生かかったって、どうせわからないよっ！」

言った瞬間、さすがの純も怒るかなと思った。あきれて、「じゃあ勝手にしろ」って、どこかへ行っちゃうかなって思った。

でも、純はその場を一歩も動かずに、ぽつりとつぶやいた。

「……そうだよ。わからないよ」

意外な言葉に顔を上げると、目の前に立っている純が、今にも泣き出しそうな顔をしていた。

「わからないから、心配で、怖いんだよ」

「純……？」

怒りも悲しみも忘れて目を丸くするわたしを見下ろして、純はふーっと長めの息をついて、意を決したように、真剣な顔で言った。

「あのさ、愛里。身体醜形障害、って知ってる？」

「……しんたい、しゅうけい、しょうがい？」

「ＢＤＤとも言うんだけど……、簡単に言うと、容姿に関することで悩みすぎる、心の病気みたいなものかな。ガリガリに痩せていったり、整形を繰り返したり。特に、十代で発症する人が多い」

「えっ……なっ……、え？」

急にそんなシリアスなことを言われても、どうこたえていいかわからない。

「ず、ずいぶん詳しいんだね……？」

いちばん無難な言葉を選んで、おそるおそるそう言うと、純は「だって」とつぶやいて、無理につくった泣きそうな笑顔で言った。

「だって、わたしのお姉ちゃんがそうだったから」

……えっ？

5 小さなこと、大きな傷

一瞬で黙りこんだわたしに向かって、純は静かな声で語り始めた。

「四つ上のお姉ちゃんは、わたしより美人だったし、社交的だったし、なんでもできる人だった。わたし、小さいころから、そんなお姉ちゃんのことがうらやましくて仕方なかった。だから、たまに逆恨みしたこともあったけど……、でも、お姉ちゃんのことは本当にかっこいいって思ってたし、尊敬してた」

自分より見た目のいいお兄ちゃんをいつもうらやんでいるわたしと、同じだ。そう思いながら、わたしはあいづちも打てず、ただ、純の話に耳をかたむける。

「あるときね、親戚が集まったお正月の宴会の席で、あるおじさんが、わたしとお姉ちゃんを見比べて、『お姉ちゃんはよく食べるなぁ。だから妹ちゃんより、ふくよかで丸顔なんだな』ってなにげなく言ったの。確かにお姉ちゃんは、わたしよりは太ってたけど、わたしが長身の痩せ型だっただけで、べつにお姉ちゃんが標準体型より太ってるなんてこと、まったくなかった」

純はうつむいたまま、昔のことを思い出してか、ぎゅっと拳をにぎった。

「でも、親戚たちも酔っぱらった勢いで、『今はぽっちゃりした女芸人さんがブームだから、その路線をめざせばいい』だとか、どんどんエスカレートして言いたい放題になっちゃって。もちろん、おじさんたちは冗談のつもりだし、その場にいた人、だれも本気になんてしてなくて、ただ笑ってた。わたしも一緒になって笑ってた。……本当は、ちょっとだけ、優越感にひたってたかも」

そう言って、純はますます思い詰めたような表情になった。

「でも、その日から、徐々にお姉ちゃんはおかしくなっていった。太ってることを気にして拒食症になって、どんどん食べる量が減っていって、最後には何も食べなくなってた……」

純の声はどんどんしずんでいく。たえきれなくなって、わたしは口をはさもうとした。

「そっ……」

そんな理由で、そこまで？　一瞬そう思ったけど、言葉の続きは飲みこんだ。

だって、よく考えたら、わたしが写真で歯を見せて笑うのをやめたのだって、きっかけは本当に些細なことだった。

だから、純のお姉さんの気持ちが、わたしにはなんとなくわかるような気がした。

もしも、もともと妹と比べて自分が太っていることを気にしていたとしたら、親戚たちの心ない冗談や笑い声は、その胸に深くささったはずだ。食べ物がのどを通らなくなるほど思い詰めてしまったとしても、不思議じゃない。

おそるおそる、わたしは別の質問をした。

「……お姉さん、今は？」

「今はカウンセリングを受けたり、家族とか友だちとか、いろんな人の協力もあって、だいぶよくなってるよ。食事もとってるし、ふつうに生活もしてる」

「そ、そうなんだ……」

それを聞いて、ちょっと安心した。息をついたわたしを見て、純が「でもね」と続ける。

「写真を消してって真由香にせまったり、自分の笑顔がダメだって言ったりしてる愛里が、なんだか、昔のお姉ちゃんと重なって見えて、わたし、愛里もそうなったら、どうしようって……。わ、わたしは……口べただし、なんていうか、うまく言えなくて、ちゃんと伝わるかわからないけど……、愛里の笑顔は、ダメなんかじゃないよ。だから、その……」

泣きそうな顔でそう言う純を見て、わたしまで泣きそうになった。なんとか涙をこらえて、やっとのことで「ありがとう」と言うと、純は鼻をすすって黙りこむ。

そっか。見た目にコンプレックスがあったのは、わたしだけじゃなくて、純のお姉さんや——それにきっと、純自身も。

純が少し落ち着いたのを見て、わたしはそっと言ってみた。

「ねぇ。純ってさ、本当は背が高いの、いやなんでしょ」

「えっ⁉　なんでわかったの？　言ってないのに」

「だって、写真とか撮るとき、いっつも超猫背になるんだもん。それに、わたしとか、背の低い子と歩くときは、なるべくちっちゃく見えるように、背中丸めてるし」

「……さすが愛里、よく見てるなぁ」

「そりゃそうだよ。だって、わたしは背が低いから、逆に背が高いのにあこがれてたんだもん。だから、バスケ部に入って純と知り合ったとき、なんてスタイルがよくてかっこよくてすてきな子なんだろうって、惚れちゃいそうだったんだよ」

「えっ、なっ……、じゃ、じゃあ、わたしだって、最初に愛里を見たとき、ちっちゃくてかわいくて、髪の毛もやわらかそうで、本当にかわいいなって思っ……あ、かわいいって二回言っちゃったけど……、とにかく、いいなぁって思って……！」

二人で、「まさにないものねだりってやつだね」と顔を見合わせてほほえみあう。

しばらく黙ったあと、純が小さな声でぽつりと言った。

「……本当はさ、背が高いのも低いのも、どっちもそんなに、悪いことじゃないのかもしれないね」

背の高い純がセンターで、背の低いわたしがポイントガード。コートの中で、それぞれに合ったポジションがあるみたいに、どんな個性や特徴だって、悪いところばっかりじゃない。

今はまだ、心のどこかでそんなのきれいごとだって思ってるけど——いつか、心の底からそう信じられる日がきたらいいな。

はにかんでうなずく純の顔を見上げながら、柄にもなくそんなことを思った。

6 大丈夫

「愛里、マジごめん」

家に帰ってリビングに入った瞬間、急にお兄ちゃんにあやまられた。「なにが?」

とまばたきをするわたしに、お兄ちゃんはすごくバツの悪そうな顔で言った。

「いや、マンガを返そうと思って愛里の部屋に入りまして」

「なに勝手に人の部屋に入ってるの」

「いや、あやまりポイントはそこじゃなくて」

「そこもあやまってほしいんだけど」

「すべって転びかけた拍子にのばした手が、愛里の机の上を直撃しまして」

「はぁ。それで?」

「愛里がいつも大事にしてたあの卓上ミラーを、豪快に落としてですね」

「うん」

「めっちゃひびが入りました。ごめんなさいっ！」

部屋に入って机の上の鏡を確認してみると、確かにすみっこにひびが入っていた。

怒られると思ってか、いつもお気楽なお兄ちゃんがびくびくしているのがなんだかおかしい。

「ま、ケガがなくてよかったよね！」

ひびが入った鏡と、きょとんとしたお兄ちゃんの顔を見比べて、わたしは笑った。

ひびの入った鏡に映る自分の顔は、なんだかいつになく澄んで見えた。

「澪、ナイスシュート！」

体育館にハイタッチの音がひびく。なんだか険悪なムードだった杏奈ちゃんと澪ちゃんも、いつの間にか仲直りしていて、コートに活気がもどってきた。

部活はもちろん、澪ちゃんは今度の試験に向けて勉強にも打ちこんでいて、杏奈ちゃんは全力でそれを応援している。……いや、よく考えたら、杏奈ちゃんも同じテストを受けるわけで、他人を応援してる場合じゃないような気もするんだけど。まぁ、彼女らしいといえば彼女らしい。

そして、わたしにも仲直りしなきゃいけない人がいる。

部活が終わったあと、更衣室で二人きりになるタイミングを見計らって、わたしは真由香に声をかけた。

「あの、真由香。この前は、写真のことで、いきなりキレたりして——」

ごめんね、と言おうとしたら、真由香がそれをさえぎるように、びしっとわたしにてのひらを向けて言った。

「昔々、あるところに、Mちゃんという女の子がいました」

へ!? 急に、なんの話!?

困惑するわたしを無視して、真由香は淡々と続ける。

「Mちゃんは、一重で目つきが超悪かったせいで、いつも不機嫌そうだと言われて、ずっと人づきあいが苦手でした。そのせいで、ますます目つきも悪くなって、みんなに嫌われて、完全な悪循環でした」

「は、はぁ……」

「でも、あるとき、ある男子が『一重とか二重とか、どうでもいい。大事なのは中身だ。女子は笑ってるのがいちばんいい』的なことを、あっさりと言い切ったのです。それはただ雑談の流れで出てきただけの言葉だったけど、Mちゃんは一瞬で恋に落ちました。その日から、Mちゃんは卑屈になるのをやめて、明るく振る舞うようになりました。すると、いつの間にか、Mちゃんのまわりにたくさんの人が集まるようになったのです」

名前がMで始まる、一重まぶたで、明るく振る舞っている女の子——だれのことかなんて、聞かなくてもわかった。わたしは黙って真由香の話に耳をかたむける。

「ある日、彼がSNSで、Mちゃんと同じ部活のだれかが好きだとにおわせる発言をしました。Mちゃんは自分のことだと勘ちがいするわ、Mちゃんの友だちは勝手に盛り上がって暴走するわ、女子特有のテンションでみんな大さわぎです。ところが、あとになって、彼の好きな人は別の子だと判明したのです。Mちゃんはマジで落ちこみました。でも、今度は友人たちが、『Mちゃんの気持ちをもてあそんだ！』と、彼に対して的はずれな攻撃を始めたものだから、彼のSNSが大炎上！　なんとか事態は落ち着きましたが、なんか中途半端な失恋をしたうえに、彼に迷惑をかけたことで、Mちゃんにはいろいろな後悔が残ったのでしたとさ。バッドエンド」

芝居がかった口調で言って、真由香はそっと目を閉じた。

「あっ、この物語はフィクションですので、あしからず。なんつって」

そう言って目を開けた真由香は、黙りこんでいるわたしに向き直って、にっと白い歯を見せて笑った。

「純に聞いたよ、愛里がキレた理由。純ってば、見たことないくらい必死な顔で説明してくるんだもん。むしろ笑っちゃったわ」

必死でわたしをかばおうとしている純の姿を想像すると、なんだかちょっと胸が痛んだけど、同時に、胸の真ん中があたたかくもなった。

「純の話聞いてたら、思い出したの。そういえば、昔はあたしも一重とか、めっちゃ気にしてたなって」

「そっか……」

「でもさ、見た目に引きずられて中身まで悪くなったら、それこそアウトじゃん。逆に中身がオッケーなら、見た目もけっこうオッケーってことになるかもよ？　恋愛的には残念な結果に終わったけど、好きだった彼に、あたし……じゃなくてMちゃんは、そう教えてもらったから――だから、なんていうかさ、愛里もそう思えたらいいよねって話！」

いつもおどけている楽天家のように見えて、じつはいちばん繊細なのは、真由香だったのかもしれない。普段は見えなくても、みんな、それぞれに、それぞれの形の悩みをかかえている。写真や鏡にはうつらない真由香の本当の顔が、一瞬だけ見えたような気がして、わたしの胸がきゅうっと締めつけられた。

「ごめんね、真由香。ありがとう。それとね……、大丈夫だよ」

わたしの口から、自然とそんな言葉がこぼれていた。

「大丈夫、ってなにが……？」

真由香は目を丸くして、首をかしげる。

「えっ？　えっと……」

確かに、わたしは今、何に対して大丈夫って言ったんだろう？

真由香が一重で目つきが悪いなんて思ったことないから、大丈夫？　人づきあいが苦手だった過去なんて気にしなくて、大丈夫？　失恋しても、またそのうちいい人が見つかるから、大丈夫？

どれも当てはまるようでいて、当てはまらないような気がする。でも、なんだか今のわたしは、すごくそう言いたい気分だった。

「わからないけど、きっと、全部、大丈夫！」

久しぶりに人前でつくったちょっとぎこちない笑顔でそう言うと、真由香はきょとんとした表情を浮かべたあと、小さくふき出して笑った。そして、笑いながら頭をかかえて、とても小さな声で言った。

「いやぁ、やっぱ愛里のたまの笑顔は反則だわ。そりゃ、……あいつも惚れるよなぁ」

「えっ？」

最後のほうははっきり聞こえなかったけど、顔を上げた真由香は、とても晴れやかな表情でわたしの手を取った。

「ほら愛里、早く帰ろ！　みんな外で待ってるよ！　杏奈と澪も復活したし、今日は寄り道コースだからねっ！」

「う、うん……」

あいまいな返事をしたわたしは、どこか吹っ切れたような真由香の背中を走って追いかけた。

7 かわり始めたもの

次の日、人がまばらに散った放課後の教室で、純に声をかけた。

「純、一緒に部活、行こ！」

でも、純は、「わたし、先に行ってるから」と素っ気ない反応。

何か嫌われるようなことでもしたかな……？

わたしがおろおろしていたら、純はくすりと笑った。

「今日はたぶん、愛里を待ってる人がいるから」

そう言うと、純は意味深な笑みを浮かべて、さっさと行ってしまった。

なんのことだろう、と思っていたら、おずおずと「わたしを待ってる人」が教室に入ってきた。照れたように頭をかいて、ゆっくりとわたしに近づいてきたのは——。

「田原くん……？」

「あ、のさ……こないだは、なんかごめん。俺、あやまるつもりだったのに、またなんか、いらないこと言ったっぽいよな。ごめん」

田原くんがぽつりと言った。そして、ワンテンポ遅れて静かに頭を下げる。

一瞬、何をあやまられているのか、わからなかった。

でもわたしは、そのつむじを見おろしながら、自然とこたえていた。

「……いいよ」

ごめんと言われていいよと返す。まるで、お手本みたいな仲直り。

田原くんは、あっさり許されたのが意外だったのか、ぱっと顔を上げて目を丸くしたあと、もう一度深々と頭を下げた。

「ほんっとに、ごめん！」

「いやいやいや！　いいってば、ほんと！　べつに悪気がなかったことはわかってるし、むしろこっちが過剰反応してごめんって感じだし！」

意外なくらいさっぱりした気分で、本心からそう言えた。

やっと顔を上げた田原くんは、まだ立ち去ろうとはせずに、なんだか気まずそうに頬をかいている。

「あ、あの写真さ、じつは、その……、確かにカメラ向けたらあいつらがピースしたから、そっちメインみたいになったけど、なんつーか、本当は、俺が撮りたかったのは……畑中だったっつーか」

「えっ？」

「ほら、畑中って、いつもあんまり笑わないけど、あの日は、すごくいい表情で笑ってたから、なんか……すっげぇ、いいなぁ、って」

田原くんにそう言われて、あの日のことを思い出す。

あの写真を撮られた男女バスケ部合同焼き肉会の日、わたしは練習試合で普段よりも活躍できて、浮かれていた。だから完全に油断して、何も考えずに笑っていたし、そこら中でみんながスマホのカメラをかまえていても、あの時間だけは、何も気にしていなかった。

あれは、まちがいなくわたしの自然な笑顔だった。

わたしは、申しわけなさそうに顔をふせている田原くんに、ちょっとだけぎこちない笑顔を向けた。

「本当に、もういいの。いい写真、撮ってくれて、ありがとう」

その言葉を聞いた田原くんは、しばらく黙りこんだあと、神妙な顔でつぶやいた。

「あのさ、畑中。ここまで言っても、マジで気づかない？」

「えっ？　なにが？」

「……い、いや、気づいてないならいい！　また今度で！　あ、ぶ、部活、がんばろうな！　お互い！」

そう言って、田原くんは逃げるように走り去っていく。

せわしないその背中を見ていて、ふっと思い出した。そういえば、まったくの偶然だけど、小学生のとき、わたしにあんなことを言った隣の席の男子も、サトシくんって名前だったな。

「……いいよ」

許してあげる。きみのことも、だいっ嫌いだった自分のことも——。

つぶやいたひとりごとは、泡のように浮き上がり、放課後の空気にふわりととけて消えた気がした。

ちょうどその日、卒業する先輩たちへのメッセージカードをつくるため、部活の集合写真を撮ることになっていた。練習後、二年生の先輩たちの指揮で、一年生が一列にならぶ。

「ほら、一年！　笑って笑って！」

そう言われて、杏奈ちゃんと澪ちゃんが仲良くならんでピースをする。わたしの隣で、真由香が目を細めて笑い、純がすっと背筋をのばした……ような気がした。

そして、わたしは――？

口を開けて、歯を見せて笑うことには、正直、まだ抵抗がある。でも、少しずつでも、自然に笑っていきたい。ありのままの自分の顔も、ちょっとずつでいいから、好きになってあげたい。

「はい、チーズ！」

ずっと大嫌いだったそのかけ声をおだやかな気持ちで受け止めて、わたしはゆっくりとほほえんだ。

解説

精神科医　鍋田恭孝

◎容姿のことを悩む心理について

容姿への悩みは思春期に急速に増えます。ですから、思春期に容姿を悩むのは健康な心理ともいえます。この時期になると、自分のことを第三者的に観察する力が備わります。それとともに、リアリティーを正確に見つめる力がついてきます。それはすばらしい機能の発達ですが、マイナスにも働きます。それまで親からかわいいと言われてきた自分のリアルな姿を知るようになり、鏡に映る自分の姿を客観的に詳細に見ることができるようになります。すると、思いもよらぬ欠点がわかるものです。自分の姿に酔える人は一部のナルシストだけであって、大半の人は、鏡の中の自分の姿にマイナス面を見つけやすいものです。思春期に自分の容姿のことを悩む人のほうが普通なのですから、自分だけだと思うのはやめましょう。

◎身体醜形障害について

ただ一部に、この容姿の悩みが病的なまでに強くなる人がいます。「おばけのようにみにくい」とか、「ありえないみにくさ」などと思いこむ場合や、美容外科を受けないと生きていけないなどと考える場合も、病的である可能性が高いのです。多くは愛里のように顔のパーツ（鼻、顔の形、髪の毛、唇など）を悩むことが多いようです。また、写真を恐れる、鏡を何時間も見て確認し続けるなども、身体醜形障害にみられる行動のひとつです。一方、純のお姉さんのように、太ることを恐れて食べられなくなる拒食症は摂食障害にふくまれる病態であり、厳密には身体醜形障害とは異なるため、治療的アプローチも異なります。

◎容姿のことを悩んだら

容姿の悩みが強烈で、はたから見ればそこまで悩まなくてもよいと思えるのに、本人がひどくみにくいと思いこんでいる場合は、身体醜形障害かもしれません。ただ、深く悩むのは、十代後半がピークで、二十代のなかばになるとかなり緩和するケースが多いことも知っておいてください。また、原則として、美容外科はしないほうが良いのです。したとしても、六〇％の人は満足せず、二五％の人はかえって悪化したと思っている、という報告もあります。身体醜形障害は、一点に集中した強烈な思いこみの病と考えてください。そのため、安易な元気づけでは解決しませんが、親や友人の意見にとりあえず耳をかたむけて、自分を見直すことが時に悩みをやわらげます。そして、自分が身体醜形障害かもしれないと思ったら、専門家に相談することをおすすめします。

あとがき

NHK「オトナヘノベル」番組制作統括　小野洋子

SNS上の会話はテンポもいいし、すぐに仲間とつながれるから楽しいですよね。でも、ちょっと使い方を間違えると、この本に登場する主人公たちのように、だれかを傷つけてしまったり、メンバー同士のつながりが窮屈になったりして、友だちとトラブルになることがあります。そんなとき、あなたはどう解決しますか？　答えは一つではないけれど、時には「相手と直接向き合ってじっくり話してみる」ことも必要だと思います。勇気を出して言葉を届ければ、あなたの思いは、SNSで使うスタンプの何倍もの威力で相手の心に響くはずです。それから、学校などでは、「みんなと違うことを言いづらい場面」がありますよね。テンポよく進むSNS上の会話では、水を差すような雰囲気もあって、とくにむずかしいのかもしれません。番組の取材では、「空気を読んでみんなに合わせることに疲れた」と悩む十代が多くいました。もし、あなたが本当につらくなったら、勇気をもって問題に向き合った主人公たちの姿を思い出してほしいです。

この本の物語は体験談をもとに作成したフィクションです。登場する人物名、団体名、商品名などは、一部を除き架空のものです。

〈放送タイトル・番組制作スタッフ〉
「合わせることに 疲れてない？」（2015年6月4日放送）
「誤解する される!? ～SNSのコトバ～」（2016年2月11日放送）
「どう向きあえば… 見ためコンプレックス」（2016年2月18日放送）
プロデューサー……伊藤博克（トラストクリエイション）
ディレクター………増田晋也、児玉喜樹（トラストクリエイション）

制作統括……………小野洋子、錦織直人

小説編集……………小杉早苗

編集協力　ワン・ステップ
デザイン　グラフィオ

NHKオトナヘノベル　SNSトラブル連鎖

初版発行　2018年2月
第5刷発行　2022年1月

編　者　NHK「オトナヘノベル」制作班
著　者　髙橋幹子、みうらかれん
装　画　げみ

発行所　株式会社 金の星社
〒111-0056　東京都台東区小島1-4-3
電話　03-3861-1861（代表）
FAX　03-3861-1507
振替　00100-0-64678
ホームページ　http://www.kinnohoshi.co.jp

印　刷　株式会社 広済堂ネクスト
製　本　牧製本印刷 株式会社

NDC913　192p.　19.4cm　ISBN978-4-323-06217-4

乱丁落丁本は、ご面倒ですが、小社販売部宛てにご送付ください。
送料小社負担にてお取り替えいたします。